第一章 茶棚案

一對父子步出林間小徑，踏上黃土官道。那父親姓石名淵，四十出頭，勁裝短衫，長弓箭袋，揹負行李，遠行打扮。其子石謙，十歲，衣褲上有補丁，手拎包袱，悶頭跟在父親身後。

石淵見兒子悶不吭聲，安慰道：「謙兒，爹此行護鏢，十日即回。你不必太過掛念。」

石謙搖頭：「爹，你又不會武功，跟人家去保鏢，萬一遇上盜匪，如何是好？」

石淵笑道：「傻孩子，你爹百步穿楊，箭無虛發，金州近郊哪個沒聽說過？」

「爹……」石謙想說你若當眞箭術高明，又豈會三餐不繼，常打不到獵物？他不願頂撞父親，只說：「人家金光鏢局是金州數一數二的大鏢局，怎麼會來城郊找山林獵戶幫他們走鏢？」

「爹不是說過了嗎？」石淵道：「他們就是生意太好，人手不足。這趟又是小鏢，毫無風險，這才找咱們去充人場。山腳下的陸伯伯也一起去，大家相互照應，不會有事的。」

「陸伯伯當過官差，學過功夫！」石謙忙道。「聽說他刀法神妙，砍過虎頭的！」

石淵笑道：「那爹與他同去，就更不用擔心了。」

兩人默默走了一段，石謙忍不住又說：「爹，你既只去十日，我獨自在家便是，何必進城住舅舅家？」

「深山偏僻，又沒鄰居，爹怎麼放心你一個人在家？」

「不放心就別去呀！」

石淵皺眉：「謙兒，你怎麼著？小時候不是很喜歡去舅舅家玩？」石淵的小舅子名叫林成，從商，家住金州城，石謙從前總盼望著父親每月兩次進城販售皮貨，帶他去舅舅家玩的日子。自從兩年前娘親過世後，石淵跟林家漸行漸遠，即便進城也很少去林成家叨擾。

石謙低頭片刻，輕聲道：「去舅舅家，我會想娘。」

石淵摸摸他頭，安慰道：「就十天，很快就過去了。」

石謙語帶哭音：「我怕爹跟娘一樣，不回來了。」說完忍耐不住，哇地哭出聲來。

石淵把兒子摟在懷裡，任他哭泣。待他哭聲暫歇，這才說道：「傻孩子，瞎擔心什麼呢？爹一定會回來。你聽爹說，爹走一趟鏢，賺的錢可供我倆父子半年溫飽。如此優差，豈有不接之理？」

石謙還是搖頭，指著前方路旁茶棚道：「上個月茶棚才有人講，金光鏢局在江南道丟了大鏢，死了七、八個鏢師，就連二鏢頭秦霸天都掛了彩。陸小六說他們不是生意好缺人，是傷殘太多才缺人的。」

「你別聽陸小六瞎說。他就是不想他爹出門。」

兩人來到茶棚，一看棚外坐了兩桌，都是認識的人。其中一桌三人，是南山獵戶，剛剛說的陸伯伯陸訓就在其中。另一桌兩人，是山腳漁田村的人。也算眾獵戶的鄰居。石淵與眾人招呼，帶兒子在空桌坐下，放下行李，問隔壁陸訓道：「陸大哥，鏢局的人還沒來？」

陸訓說：「是呀。時辰也還沒到，咱們等等。」

石淵請老闆倒上兩杯熱茶，又問：「漁田村兩位大哥也是一起出鏢的嗎？」

陸訓點頭：「是，都我找來的。」

漁田村的人讚道：「陸大哥眞夠朋友。有好差事可沒忘了咱們。」

石淵微微皺眉：「說是閒鏢，還找六個人充場面？」

陸訓笑道：「怕什麼？有你的箭和我的刀，尋常毛賊也不是對手。」

有獵戶說：「是呀。當年陸大哥一手奔流刀法，殺得毛賊棄甲而逃！那可威風得很呀！我看就連這次帶鏢的鏢頭也未必是陸大哥對手。」

另一個獵戶說：「石二哥的箭法也是金州一絕。當年領頭獵捕黃巢餘孽，把那些畜生殺得片甲不留！」

石淵側身擋著兒子，朝別桌猛搖手，不願他們多說自己當年殺人之事。他說：「多少年前的事了，各位不要一直掛在嘴邊。」

眾人討了沒趣，不再多說什麼。

陸訓問：「石兄弟，你跟林成約在這裡？」

「是，他一會兒會帶謙兒回去。」石淵說著湊上前，壓低聲音問道：「陸兄，你說這趟鏢是鏢局什麼人託你找人的？」

「陳三。」

「陳三只是尋常鏢師，怎麼會出面僱人？」

陸訓聳肩。

「咱們爲何不去鏢局出鏢，要在城外會合？」

陸訓又聳肩。「他說爲我們方便，不必麻煩往城裡跑。總之，一會兒見到，你再問他吧。」

石淵轉回頭來，眉頭深鎖。他喝一口茶，發現兒子揚眉瞧著自己。他放下茶杯，換上笑臉。石謙臉色卻越來越難看。

「爹……」石謙開口。

石淵揮手打斷他，起身換位，坐到兒子身邊，輕聲道：「好了，謙兒，既然你這麼擔心，我就說給你聽。其實爹年輕時拜師學過功夫，雖然不算高手，但也不會丟人。這事我沒告訴過他們，你也別跟外人說。」

石謙神色懷疑：「有這種事？」

石淵點頭：「有。所以你就別擔心了。爹會回來的。」

石謙搖頭：「我不信。你若當眞會武，當初怎麼不去救娘？」

石淵語塞，低頭不答。

石謙想起村民適才說的話，續問：「他們說爹獵捕黃巢餘孽，又是怎麼回事？」

石謙搶話：「你又沒有新鮮事說給我聽。何不提提陳年往事？」

「那些都是陳年往事……」

石淵語氣微怒：「殺人有什麼好提的？」

「那娘呢？」石謙問：「我就問你爲什麼不去救她？」

「我沒有不去救她！」石淵道。「我只是……去得遲了。」

「你等官府，等幫手，等人齊了才去，當然遲了。」石謙含淚。「你既然會武功，爲什麼不自己去救她？」

「會武功又不是天下無敵。你以爲我不想去救她嗎？」石淵語氣哽咽。「萬一我也死了，你怎麼辦？」

「哼，不過就跟現在一樣，去住舅舅家。」

石淵大怒，高舉著手。一巴掌還沒下去，隔壁桌陸訓勸道：「石兄，別動怒。謙兒就是捨不得跟爹分開，說話不知輕重。你就體諒他吧。」

石淵深吸口氣，壓低手掌。石謙卻道：「還說你獵捕黃巢餘孽？殺娘的人就是黃巢餘孽。你獵個鬼！」

石淵再度舉掌，陸訓起身迎去，但石淵那掌始終沒甩下去。石謙神色倔強，抬頭瞪視父親：「你打啊！打死我這個沒娘的孩子！」

陸訓一把抓住石謙衣袖，把他拉離長板凳。就聽見嘩啦一聲，木屑紛飛，父子適才同坐的板凳讓石淵一掌劈成兩半。

眾人目瞪口呆，不敢出聲。石淵愣愣瞧著自己右掌，不知在想些什麼。

陸訓把石謙拉到自己桌旁，說道：「謙兒，黃巢之亂早在你出生前十年就已平定。別再提什麼黃巢餘孽，你爹不喜歡聽。」

「爲什麼不能提？」石謙還要嘴硬。「娘就是死在那些餘孽手上。就連娘死後，官府再次清孽，他也不肯幫忙！他根本不把娘的死放在心上！」

「什麼再次清孽？」石淵依然看著右掌，頭也不抬，語氣平淡：「人家二十年前爲求溫飽、為求生存，做了壞事，你要他們一輩子不能做人嗎？二十年過去了，誰又能證明誰眞的當過黃匪？再次清孽根本是笑話，是在嫁禍誣賴，濫殺無辜。」

石謙吼：「你沒種！不敢幫娘報仇！」

石淵搖頭：「殺你娘的人早就死了。你要遷怒多少人？」

「我……」

陸訓伸掌摀住石謙嘴巴，不讓他繼續頂嘴。待石謙停止掙扎，陸訓說：「孩子，那是亂世，大家都幹過不光彩的事。就算沒有當眞加入黃匪……說起餘孽……大家都問心有愧。」

石謙還想再說，但他向來敬重陸訓，一時也不知該不該拿他出氣。漁田村民一看僵了，想緩場面，於是大聲喊道：「掌櫃的，茶涼了，再沖壺來！」「怪了，掌櫃的怎麼不見了？」「莫不在後面煮水？」「我瞧瞧去。」

「陸伯伯，」石謙小聲問，深怕父親聽見。「我爹是不是黃匪？」

「不知道。大家都是戰亂後才來此定居的。」陸訓搖頭。「就算是，又怎樣？他沒虧待過你。你也沒見他幹過壞事。他是你爹。」

石謙流淚。「我好怕……我……我怕……」

茶棚後傳來村民說話：「咦？掌櫃……」跟著嗓音一悶，無聲無息。

陸訓皺眉，問道：「怎麼了？」

另一漁田村民起身往棚內走去。「大牛？怎麼了？」

陸訓伸手搭著石謙的小肩膀，輕聲道：「謙兒，這兩年你爹身兼母職，那份難受，可不是外人……」他喉嚨上突然多了一支羽箭，貫頸而出，隨即瞪大雙眼，仰天倒下。他伸手抓箭，卻又無力拔出，只能躺在地上抽搐。

「大牛！你怎麼死了？是誰放箭射你？掌櫃的？掌櫃的也死啦！」

石謙臉上濺著熱血，看著陸訓在腳邊抽動，嚇得渾身顫抖，六神無主。突然左方一股大力扯來，他整個人騰空而起，摔在地上，卻是他父親所為。石淵踢倒桌子，把石謙塞到桌後，喝道：「躲好，不要出來。」就這麼轉眼之間，旁邊又有一名獵戶胸口中箭，倒地不起。剩下的獵戶也推倒木桌，藏身桌後，跟石淵一起拉弓搭箭，互使眼色。放箭之人身處官道對面樹林方向，慌亂之中看不出確實位置。

漁田村民衝出茶棚，喊道：「死人啦！他們都死啦！」

凶手適才暗箭殺人，放箭無聲。這時卻聽破風聲起，刷的一聲，勁箭插入村民眉心，破腦而出。此箭來得甚快，石淵和另一獵戶都沒看見放箭之人，不過兩人聽音辨位，立刻起身放箭，兩支箭都插在同一棵樹上，顯見放箭之人就躲在樹後。兩人射出箭便縮回桌後。石淵取箭還要再射，突然聽見嘩啦一聲，隔壁桌面穿孔，躲在桌後的獵戶肩頭中箭，摔在地上。

石淵大驚，拋下弓箭，抱起石謙，朝茶棚內拔腿就跑。石謙嚇得直哭，連叫：「爹！爹！」石淵奔行甚速，轉眼入茶棚，閃身一根棚柱後，放下石謙，急道：「躲著別動，有機會就往棚後樹林跑。」

石謙伸手要抓父親，石淵已著地翻身，滾到茶棚另一側去。石謙見他滾過的地面染有血跡，這才看到他背上中箭。

石淵抄起一盆菜鍋丟到石謙身旁。「拿著擋箭。見機就走！」說完抓起一把菜刀，大喊一聲，衝出茶棚。

石謙大哭大叫：「爹！別去！我怕！」

石淵奔出三步，出刀擋下一箭，但菜刀也震飛脫手。他又跑兩步，矮身避箭。那一箭掠過他頭頂，連頭髮都削下幾根。他提氣又跑，衝到官道中央，突然間身體劇震，右胸上多了一箭。

石淵咳一口血，低頭看著胸口羽箭。氣餒之下，力氣盡失，再也跑不動了。他看看樹林，依然不見放箭之人。他回頭，一步一步走向兒子藏身的棚柱，只見兒子衣衫外露，那根柱子沒有粗到能夠擋人。他邊走邊問：「謙兒……你怎麼不跑呢？」

石謙哭道：「我腳軟……跑不動。」

石淵來到棚外，抬手靠著棚柱，矗立於石謙之前。這時他背上又多了兩箭。他臉色蒼白，氣喘吁吁，額頭靠著手臂，說道：「站起來。爹幫你擋著。快跑。」

石謙奮力起身，就聽見「噹」的一聲，有箭射中身旁菜鍋，鍋緣撞上手臂，好不疼痛。石謙心慌，又摔回地上。

石淵雙腳無力，轉身背靠棚柱，面對樹林，緩緩坐下，用自己身體擋住柱後的兒子。他吐出喉中鮮血，緩緩吸一口氣，揚聲道：「閣下究竟何人？爲何無端殺人？」

對方朝天放箭，弧光落地，直挺挺地將石淵右腿釘在地上。

「爹！爹！」石謙泣不成聲。「爹……」

「爹只能再擋一會兒。你再不走，走不了了。」石淵大聲又道：「你殺人不講理由，豈非禽獸不如？」

凶手再發一箭。此箭奇妙，半空轉向，繞過棚柱，落在石謙腳前，只差一點便射中他。

石淵吃了一驚，卻也無力反應，只說：「你有事衝著我來，不要爲難孩子。」

另一彎箭射來，插中棚柱，劃破石謙耳垂。石謙吃痛，放聲慘叫。石淵看不見身後，慌忙問道：「謙兒？你怎麼了？哪裡中箭了？」

石謙顫道：「右……右耳……流血……」

聽見兒子說話，石淵心裡一寬。儘管視線模糊，還是全神貫注凝望樹林發箭處。他說：「狗賊，我石淵乃玄日宗旁系弟子！你殺我，玄日宗絕不會善罷甘休！」

凶手再度放箭。石淵看清箭勢，奮力左傾，張嘴狠狠咬下。他咬合之力阻不了箭勢，那箭扯斷牙齒，貫穿臉頰，令他身體斜臥，卡在兒子面前。石謙眼看親爹腦袋讓箭釘在地上，眼睛兀自側斜看自己，嘴裡喃喃作響，說了個「走」字，就此氣絕。

石謙驚叫，突然有了力氣，抓起菜鍋連滾帶爬往茶棚裡衝去。凶手連放三箭，兩箭插在腳邊，一箭擊中菜鍋。石謙越過木欄，闖入茶棚後方樹林，丟下菜鍋，發足狂奔。

他在林中死命奔跑，直跑到喘不過氣這才跪倒在地，靠樹休息。想起父親捨身護己，悲從中來，正想放聲大哭，突然聽見遠處傳來樹枝折斷聲。石謙大駭，連忙躲到一塊大石後方。

林中有條大漢身影，手持弓箭緩緩搜來。石謙摀住口鼻，深怕出聲。對方左顧右盼，顯然不知他藏身何處，但又持續朝他逼近。片刻過後，對方來到近處，林頂縫隙灑落陽光，照亮他臉。石謙認得此人，大驚失色，忍不住「哇」地哭出聲來，對方立刻轉頭看他。石謙就著樹木掩護，拚命逃生，沒跑出幾步，眼前卻是一道極陡山谷。他微一遲疑，肩頭中箭，當即摔下山谷，眼前一黑，人事不知。

第二章　誅匪盟

金州衙門捕頭鄭瑤騎馬擠過道上人群，喝令：「衙門辦案，讓道。」圍觀群眾顧著看熱鬧，沒人回頭理會他。前方有捕快遠遠瞧見他，帶人推開群眾，來到鄭瑤面前，行禮道：「頭兒，你來了就好了。」

鄭瑤翻身下馬，把韁繩交給隨行捕快，問道：「克勞，這麼多人圍著，你也不趕趕？」

「頭兒，這是官道，隨時有人路過，趕不完呀。」捕快曾克勞答話。「咱們封路辦案，南面已經擠了一堆趕著進城的人了。頭兒，你就快去瞧瞧吧，瞧完了，咱們得趕緊抬走屍首。」

鄭瑤來到茶棚命案現場，看著滿地屍首，皺眉道：「王掌櫃？」

曾克勞說：「死了。」

鄭瑤神色唏噓，正要說話，茶棚裡衝出一名婦人，跪在鄭瑤面前哭喊道：「鄭大人，你要作主哇！我夫君是大好人，死得不明不白，你一定要抓出兇手！把他碎屍萬段呀！」

鄭瑤扶起婦人，說道：「王大嫂請起。大家都知道王掌櫃是好人，我們衙門定會徹查此案。」說完對曾克勞使個眼色。曾克勞找人過來帶走王大嫂。

鄭瑤站在兩具屍首間，說道：「報。」

曾克勞道：「頭兒，連王掌櫃在內，死者共七人。王大嫂認得其中四人是附近獵戶，偶爾會來茶棚旁擺攤、販售皮肉。不過她不知道他們叫什麼名字，我已經派人下去問了。」

「凶器？」

「全都死於箭矢。」

鄭瑤看看死者身上的箭傷，對照中箭方位，轉向對面樹林。曾克勞指向插著兩支箭的樹幹，說道：「凶手躲在樹後行凶。」

「只有一人？」

曾克勞點頭，跟著又搖頭。他說：「我們只有在那棵樹後找到有人佇立的跡象。足跡顯示凶手有穿越官道，進入茶棚，可能又從茶棚後方離開。我也派兩名弟兄往那個方向去搜了。」

「然而？」

「頭兒請看。」曾克勞帶鄭瑤來到一根棚柱前。

地上的男子屍體是現場中箭最多的。鄭瑤見他死狀甚慘，不禁皺起眉頭。「其他人多半一箭斃命，這人身上卻插了……」

「六箭。」曾克勞說。「不知凶手與他有何深仇大恨。也不知……」他說到一半，突然噁心，腹中物湧到嘴裡又硬生生地吞了回去。他咳嗽兩聲，說道：「有弟兄懷疑……他只是不幸活到最後，凶手玩弄夠本，才動手殺他。」

鄭瑤說：「這話不要亂說，更別傳到百姓耳裡。」

「知道。」曾克勞比向棚柱，跟著又比向地上斜插的一支短矢。他說：「頭兒，這兩支弩矢乃弩弓所發，方位古怪，你怎麼看。」

鄭瑤細看片刻，對照弩矢的角度看向樹林，說道：「那裡還有第二個凶手？」

曾克勞說：「我都搜過了。除非是武林高手，踏地無痕，不然那片林裡就只有凶手一人，而且只有站在那棵樹後，沒換地方。」

鄭瑤在茶棚外屍首旁看見四副弓箭，點頭道：「死者中有四名獵戶，四副弓箭。凶手不敢隨意轉進，避免反擊。」他湊到棚柱旁，細看斜插其上之矢。「你是說這弩矢會轉彎？」

曾克勞說：「頭兒見多識廣，可曾聽說過這等事？」

鄭瑤說：「我曾聽師門長輩說過，武林高手能夠勁灌箭矢，施以暗勁，稍微改變箭勢走向。但那得是一流高手才能辦到。至於弩弓嘛……」他兩指夾住柱上矢尾，使勁一拔，箭頭牽動木柱，扯下大塊木屑。曾克勞咂舌道：「頭兒手勁眞大，我還想叫人拿刀挖出來呢。」

鄭瑤打量那支弩矢造型，弩身有弧度，還有細小溝槽，看不出原理用途。他把矢交給曾克勞收好，說道：「晚點去天工門問問。」

「是。」

鄭瑤穿越官道，來到凶手藏身樹後。這附近經過官差搜查，凌亂不堪，已經沒什麼好看了。鄭瑤伸手去拔樹幹上插的箭，隨即「咦」了一聲。曾克勞問：「頭兒，怎麼了？」鄭瑤搖頭，使勁再拔，終於拔出那支箭。接著他再拔第二支箭，卻輕鬆拔出。他看看第一支箭的箭頭，摸摸樹幹上的箭洞，說道：「這箭射得好深，放箭之人內力不弱。」他回頭看向地上屍首，將箭交給曾克勞。「比對死者箭袋，看看這支箭是誰的。」

有捕快跑來，對鄭瑤行禮道：「頭兒，有人說認識死者。」

「帶過來。」

捕快帶了個富商打扮的中年男子過來。對方兩眼泛紅，目光含淚，見到鄭瑤連忙鞠躬，說道：「大人，請你救救我外甥。」

「什麼外甥？你是什麼人？」

「草民林成，是在金州城內賣布的。我姊夫約了我今日在茶棚碰面，要接我外甥回家住幾天。我因事耽擱，來得遲了，不想看見姊夫慘死，卻沒見到我外甥。大人……死者之中，沒有十歲男孩吧？」

鄭瑤吃了一驚，轉頭看向曾克勞。曾克勞立刻搖頭：「沒有。就七具屍首，都是成年男子。」

「大人請救我外甥！」

鄭瑤問：「克勞，你說凶手穿越官道，往茶棚後方樹林去了？」

「是。」

「把閒置的人手通通派去搜林。不光要搜凶手，還有十歲男童。」他問林成：「他叫什麼名字？」

「石謙。」

「去派。」

「是，頭兒。」

鄭瑤拉著林成往茶棚走，問他：「哪個是你姊夫？」

林成指向中箭最多的屍首：「是他。他叫石淵，住在南山山腰上。」

「是獵戶。」鄭瑤說。「這裡有四名獵戶，還有你認得的嗎？」

林成吞嚥口水，細看其他死者，說道：「我認得這個人，他叫陸訓，是南山獵戶之首。他們今天說接了金光鏢局的委託，要去護送一趟閒鏢，所以我姊夫才讓謙兒暫住在我家中。」

「保鏢？」鄭瑤揚眉。「怎麼又不見鏢？這些人全都是來保鏢的嗎？」

林成道：「不知。姊夫只有說陸訓會同去。」

「你再認認。」說著帶林成進茶棚，認另外三具死屍。林成只認得王掌櫃。鄭瑤詢問群眾有沒有金光鏢局的人，沒人答話。

曾克勞人員配置完畢，走了回來。鄭瑤比個手勢，三人走到茶棚後方，遠離群眾喧囂，問道：「金光鏢局經常找獵戶保鏢嗎？」這話也不知是對誰問的，於是曾克勞聳肩，林成也搖頭：「我沒聽說，這像是第一次。」

「嗯。」鄭瑤沉吟片刻，問道：「林老闆，死者七人，就你姊夫死得最慘。你可知他近日有否與人結怨？」

林成連忙搖頭：「石淵為人善良、處世低調，從來不想招惹麻煩。除了兩年前……兩年前……唉。」

曾克勞「啊」的一聲，說道：「我想起來了，石淵是當年驚天寨擄人案的受害家屬！」他轉向鄭瑤：「當時頭兒你尚未到任，可不知這案子鬧得有多大。你聽說過誅匪盟嗎？」

鄭瑤皺眉點頭：「是由黃巢之亂中遇難家屬所組成，平亂後四下獵殺黃匪餘孽的幫會。據我所知，多數州道早在十年前就禁了他們。」

曾克勞搖頭：「那是檯面上禁了他們。私底下，這些人常有派得上用場的地方。」

「我也聽說過。」鄭瑤說：「有不肖官府或富商利用百姓的仇恨心，誣指對頭為黃巢餘孽，然後引誅匪盟去幫他們剷除異己。有時甚至直接動手，再嫁禍給誅匪盟。此等牽扯亂世仇恨之事，處理不好會惹民怨，所以大家都睜一隻眼，閉一隻眼。」他仰天思索，說道：「楚大人很討厭誅匪盟，早在我來之前就頒布命令，嚴禁仇恨私刑，我以為他們在金州境內已經絕跡了？」

「他們絕跡，就是因為兩年前的驚天寨擄人案。」曾克勞道。「誅匪盟最痛恨的，乃是亂平之後還靠著戰亂時搜刮的財寶過好日子的黃匪。兩年前，他們調查妥當、布置多時，在金州城裡一舉揪出了二十幾個黃匪餘孽。那些人都是有頭有臉的富貴人家，憑藉豐厚財力，試圖壓下此事，但誅匪盟煽動民心，引來全城百姓追打。他們終於在一群死忠家臣的守護下逃出金州，到山裡據寨為王，自稱驚天寨，幹起民亂前的老本行。」

林成道：「我們林家在金州算是大業主，除了我的布莊生意，還有經營客棧、鐵舖、四方雜貨，本來就跟驚天寨幾位大王有宿怨。當他們決定擄人勒索時，我住在城外的姊姊就變成了首要目標。」

曾克勞說：「他們一次擄走好幾家富商大賈的家眷，或許是打算收滿贖金，就此收山。但他們既惹了富商，又惹了民怨，在無人包庇下，很快就透露了行藏。楚大人便招募民兵，一舉滅了他們。」

林成神色黯然。「可惜他們眼看苗頭不對，發了狠勁，將人全部都撕票了。」

鄭瑤問：「所以石淵在驚天寨案死了老婆？既然驚天寨的人都死光了，他又跟誰結怨？」

「壞就壞在誅匪盟大獲全勝，趁著民氣，要求官府進一步肅清黃巢餘孽。當時咱們衙門每天都收到舉報，倘若件件爲眞，等於金州境內有十分之一的人都曾當過黃匪。頭兒，你說說，這該怎麼辦？」

鄭瑤說：「這可得愼重以待，絕不能誣賴好人。」

曾克勞說：「楚大人的意思，根本無關誣不誣賴好人。黃巢之亂過去都快二十年了，爲什麼有些人就是不能放下過去，好好過日子呢？你若能一一舉證，這人曾幹過什麼十惡不赦、令人髮指之事，要他正法伏誅，我們也無話可說。但當時根本不是那樣，誰該死、誰該活，根本是誅匪盟的人說了算。」

鄭瑤問：「石淵當時是誅匪盟的人？」

林成說：「據我所知不是。但當年南山獵戶中有兩戶人家遭人舉報，也不知舉報他們的是誰。我姊夫身爲驚天寨案受害者，大家自然都認定是他幹的。」

「那被舉報的兩家獵戶呢？」

「他們……」林成低頭遲疑。「都被……私刑處死了。」

鄭瑤問：「他們眞是黃巢餘孽嗎？」

林成聳肩搖頭：「沒人知道。當年民情激憤，被舉報的人倘若無法說服暴民，下場都很淒慘。」

鄭瑤看看他們，說：「被舉報的人是不是眞的黃匪也沒人知道；舉報人的是誰也沒人知道，這算什麼事？」

曾克勞說：「楚大人見事態嚴重，下令禁止清孽，逮捕誅匪盟。其時誅匪盟勢大，又得民心，他們不但不趁機潛逃，反而率領暴民包圍刺史衙門。幸虧戎昭節度史的兵馬即時趕到，不然後果不堪設想。」

「鬧這麼大？那最後誅匪盟的人都抓了嗎？」

曾克勞搖頭：「大部分都抓了，但他們盟主毛耀宗跟幾名副手跑了。」

鄭瑤「喔」了一聲：「我見過這名字，在咱們衙門的通緝名冊裡。」

「是，楚大人發誓一定要抓到他。」曾克勞說。「不過兩年過去了，他始終沒在金州露臉，楚大人也就不再提起他了。」

鄭瑤看向樹林，看不見入林搜索的捕快。他思考片刻，說道：「你說石淵結怨，是指被舉報的獵戶，還是誅匪盟？」

林成搖頭：「我只是提提。大人問石淵與人結怨，我想來想去，他也就惹過這件是非。當時舉報太多，金州大亂，那兩家獵戶是怎麼回事，我也不太清楚。」

鄭瑤走回茶棚，來到石淵所躺的棚柱後蹲下檢查地面痕跡，有凹痕的菜鍋，還有店內地板上的箭。曾克勞隨他的心意查看，兩人抬頭互看，鄭瑤說：「棚柱後躲過人。」

曾克勞說：「看來石淵爲了護子，拚命受了這許多箭。」

鄭瑤點頭，指著地下血跡。「石謙往店後逃跑，凶手持續發箭射他。待他逃走後，凶手還追了過去。」

曾克勞皺眉：「難道凶手跟十歲小孩有仇？」

林成道：「哪有可能？謙兒很乖！」

鄭瑤說：「或許石謙只是最後一名活口，而凶手打定主意殺光獵物。」

曾克勞和林成異口同聲：「獵物？」

鄭瑤忙道：「我失言了，不是獵物。」

三人沉默片刻。曾克勞說：「凶手殺了這麼多人，一定有動機。只要弄清楚所有死者身分，定能推斷出他的動機爲何。」

林成說：「若他目標只有一人，又何必追殺小孩？」

鄭瑤嘆氣：「此案非盡快破案不可，稍微拖得久了，百姓定會亂傳。」他轉頭：

「克勞，搬動屍體讓人通行，別讓這裡的人越聚越多。」又對林成說道：「林老闆，我們會盡力找尋石謙。望你回去之後，別跟外人多提此事。」

林成問：「要不要讓外面的鄉親一起入林去找？」

「暫時不用。」鄭瑤說。「衙門捕快久經訓練。樹林裡有留下蛛絲馬跡，他們都會找出來，太多人進去，足跡就都毀了。」

林成道：「大人，我心急外甥，就在旁邊等著。若有消息，請即刻通知我。」

「一定。」

鄭瑤讓曾克勞處理現場，自己入林搜尋石謙蹤跡。沒多久，遇上兩名捕快，見是捕頭，上前回報。「頭兒，有發現。」鄭瑤跟著他們來到一塊大石旁，石頭上有血跡。再走幾步，陡峭山谷，樹葉上濺灑血滴。捕快指著地下的抹痕說道：「看起來，男童在此中箭，摔下山谷去了。」

鄭瑤站在谷緣，往下看去，樹草濃密，看不見谷底。他問：「有人下去找了嗎？」

「有。陳大哥他們下去了，叫我倆回去弄點繩索，有備無患。」

「我去看看。」鄭瑤深吸口氣，滑下山谷。谷坡雖陡，但植被茂密，每隔數丈，他便抓緊樹枝或長草停佇片刻，然後繼續下滑。如此滑出數十丈，來到谷底，剛好遇上下谷的五名捕快搜過來。

眾人分開尋找，找到血跡與斷箭，卻不見屍體。

陳捕快拿著斷箭，說道：「有人救了小孩。」

鄭瑤說：「或是凶手帶走了小孩。」

眾捕快一陣沉默，不知能說什麼。

鄭瑤下令：「散下去搜，天黑之前，茶棚會合。」

「是。」

谷底荒涼，沒有人家，最近的獵戶都在三里之外。眾捕快搜到傍晚仍一無所獲，只好回到茶棚集合。鄭瑤深知孩童失蹤凶多吉少，倘若不盡快找回，通常都找不著了。他讓眾捕快收工回城，換十名休班捕快，帶齊火把燈籠繼續入林去搜。林成帶了家丁、召集熟人一同入林找人。三更時分，熱心百姓散去，只剩林成留下。鄭瑤吩咐捕快拉桌子拼湊床鋪，在茶棚裡窩了一宿，打算第二天早上繼續搜。

第三章　巧機關

石謙醒轉過來，只覺右肩滾燙，頭痛欲裂，高燒冒汗，難受異常。他哀鳴幾聲，發現自己躺在小木床上，身上蓋著破爛毯子，頭上頂著塊濕布。床頭有張小桌，點有蠟燭，擺著一盆水、幾塊血布、針線、小刀，還有半截斷矢。他吃力轉頭，看見肩頭傷口包紮白布，但已染紅，知道是有人救了自己。

他閉眼喘氣，再度睜開，打量身處環境。石室，牆上有扇緊閉木窗。窗外無光，顯已天黑。屋內除了小床和床頭桌外，並無其餘家具。石謙張嘴想叫，但是渾身沒有力氣，口乾舌燥，聲音沙啞。他望向臉盆裡的血水，很想端起來喝，但痛得無法起身。他躺回床上，氣喘吁吁。

房門「咿呀」地開啓，走進一名老婦人。婦人手持菜刀，神色慈祥，見他醒了，快步來到床前，放下菜刀並取下他額頭上的濕布，在水盆中浸水擰乾，說道：「孩子，你醒了？躺著別動，你傷口才剛縫好，又在發燒，千萬不可使力。」

石謙說：「口……渴……」

婦人笑道：「我去幫你倒水。」她把擰好的濕布放回石謙頭上，拿起菜刀，端起水盆，並關門離開了石室。

不知爲何，石謙目光始終跟著那把菜刀。或許是那婦人持刀的姿勢，又或許他想起父親拿菜刀衝出茶棚的模樣。想起父親，他淚如泉湧。

片刻後，老婦人又端臉盆回房，這回兒還多了個茶碗。她扶石謙坐起，餵他喝水並輕聲安撫，說道：「老身出外採藥，見你躺在林中，身受重傷，就帶你回來醫治。」

「婆婆……」石謙喝了水，好受些，便問道：「這裡是？」

「我家。」老婦說。「漢泉山，涼心谷。」

「漢泉山……不是在城西嗎？」石謙頭痛欲裂，思緒紊亂。「我……在城南墜谷，怎麼……」

「老身趕車，載你回來的。」

「可……」

「好了，孩子，先休息。」老婦讓他躺回床上。「待明日退燒，咱們再說。」

石謙心急：「我爹？」

老婦搖頭：「你就一個人，沒見到你爹。」

「他……他被人殺了！」石謙激動。「他……壞人……」

老婦摸他臉龐，神色關愛，安撫道：「謙兒乖，謙兒乖，明日再說，先休息。」

石謙訝異：「妳怎麼知道我的名字？」

老婦揚眉：「你昏沉之間告訴我的。」

石謙也想不起來之前是否醒過。他說：「有……有壞人在追我。」

老婦說：「不怕，已經沒有壞人在追你了。」她站起身來：「我去煮帖草藥助你睡眠，明早醒來就會好多了。」

石謙望著她的背影出門，模糊中看見腰間閃耀火光，原來那菜刀還掛在她腰帶上。石謙皺眉，看著菜刀消失在門後，心中不知該做何聯想。一陣暈眩來襲，他再度沉睡。

□

次日清晨，衙門送來米糧，眾人在茶棚煮了些粥吃，集合熱心民眾，擴大搜索範圍。曾克勞向鄭瑤回報：「頭兒，楚大人要你回去查案，這邊交給楊捕頭指揮。」鄭瑤與另一捕頭楊小龍交接狀況，隨即趕回金州衙門。

死者的身分皆已查出，都是南山獵戶及山腳村莊的人。據家屬所言，所有死者都是受金光鏢局僱用，出門走鏢。然則金光鏢局矢口否認僱用獵戶走鏢之事，二鏢頭秦霸天說：「咱鏢局人才濟濟，豈會臨時僱人走鏢？此等影響商譽之事，衙門可不能亂說。」

天工門收了弩矢，徹夜研究，請衙門的人今日再去。

「勁透樹幹那支箭，比對出來乃是石淵所發。頭兒請看。」曾克勞自證物桌上拿起一捆箭筒，筒中共有九箭。鄭瑤取出一箭，細看箭頭形狀、箭羽紋路及箭身刻痕，他眉頭一皺，說道：「取弓來。」曾克勞去庫房取了把戰弓，隨鄭瑤來到衙門後的校場。鄭瑤拉弓搭箭，一箭射出，正中靶心。曾克勞及校場中的衙役大聲喝采，鄭瑤揮手致意。他走去拔回羽箭，說道：「此箭乃我師門古法所製，這是玄日宗的箭。」

曾克勞吃驚：「玄日宗的箭？」

鄭瑤點頭：「看來石淵是玄日宗的人。」

曾克勞說：「南山獵戶都說石淵箭術一流，百步穿楊，卻沒人提過他會武功。他自黃巢亂後就搬至城外居住。若是武林中人，相熟的獵戶豈有不知之理？」

鄭瑤說：「亂世中，太多看破紅塵、退隱江湖之事。要不，我也不會來金州當捕快。」

「頭兒，你這可不算是退隱江湖呀。」曾克勞說。

「但我終究也已離開師門了。」鄭瑤想起三個月前漢陰山孩童失蹤案，見識到大師伯莊森的絕世武功和辦案手段，不禁懷疑自己不回玄日宗是否為明智之舉。

曾克勞道：「倘若石淵真是在此歸隱的武林高人，此案說不定是他舊日仇家幹的。」

鄭瑤沉吟片刻，道：「待我修書一封，派人送去玄日宗長安分舵，請他們代查石淵此人。唉，想要退隱江湖，也得看江湖放不放過你呀。」

他命人取來紙筆，手書一封，致長安分舵主上官明月師叔。找來個禮數周到的捕快專程送去，囑咐道：「上官舵主是我師叔，你可得客客氣氣，千萬不可得罪人家。師叔若答應幫忙，你就在那裡等到答案再回來。」

他在廳上來回踱步思索案情，心下計較：「克勞，咱們先去天工門。」

天工門金州分堂專製民生器具，紡車最是有名，紡紗細緻，又不易纏線，山南道的大紡織廠都跟他們訂貨。金州衙門長年與天工門配合，弓矢器具、大小刑具都跟他們訂製。捕快辦案時若遇上奇特機關，往往也會請天工門協助。

剛跨出衙門，鄭瑤便突然停步，拉住曾克勞問道：「他們江堂主還在長安，沒回來吧？」

「昨天去沒見到人。」曾克勞笑道。「頭兒這麼不想見他？」

鄭瑤咂舌：「麻煩呀。」

天工門門主黃謙三個月前失蹤，至今下落不明。當時天工門長安總堂中死了幾名弟子，據他們本門之人推測，或與宣武朱全忠藉機屠戮宰相崔胤及一眾朝廷命官的馬球案有關。爲免遭受牽連，他們不敢報官，只好發令全國分堂堂主齊上長安，一方面搜尋門主下落，一方面決定下任門主。

「起碼江懷才不會去爭下任門主。」

小半時辰後，兩人抵達天工門分堂。堂主江懷才眉開眼笑，迎出正廳熱情道：「鄭捕頭，三月不見，你氣色大好哇！上次你抓回來的那個小妖怪，我已經想到好幾個點子對付她，還請鄭捕頭指教。」

鄭瑤暗瞪曾克勞，曾克勞忙使眼色：「他昨天是不在嘛。」鄭瑤無奈，迎上前去作揖道：「江堂主好，鄭某今日來訪，是爲了昨日城南茶棚命案的弩矢而來。」

江懷才笑道：「喔，那矢一眼就看出是我們做的。」

鄭瑤問：「既然一眼就能看出。你們伙計看不出嗎？怎麼昨日不直接告訴咱們衙門的人？」

「哈哈，」江懷才還在笑。「伙計嘛，哪敢亂拿主意？這種牽扯官非之事，他們當然要先請示能拿主意的人啦。」

鄭瑤皺眉：「江堂主說得眞白。」

「我跟鄭捕頭一見如故，當然不會拐彎抹角。」他拿出一張單據交給鄭瑤。「那彎弩是一個月前下訂的。買家名叫陳三，一共訂了五把彎弩、五十支弩矢，半個月交貨。」

「恕鄭某孤陋寡聞，請教這會轉彎的弩弓很常見嗎？」

江懷才得意洋洋：「自然不是。這是我跟我們門主一起研究的心血，尚未量產，也沒公開。那陳三不知從何處聽說，直接跑來說要下訂，還想要訂連發彎弩，說半個月就要，一副有錢就是大爺的模樣。我叫他去吃屎。」

「你還是賣給他了？」

「賣，他錢多，我幹嘛不賣？但是沒有連發。」江懷才說。「鄭捕頭請想，這弩矢要彎不同角度，得放在不同的矢道上，要細調角度，還得調教弓弦。這要連發，談何容易，是吧？」

鄭瑤裝懂點頭，問道：「他錢很多嗎？」

「五把弩弓，五十支弩矢，出價兩百兩。」

鄭瑤瞪大雙眼：「暴利呀！」

「鄭捕頭此言差矣。」江懷才不樂意道。「咱們花了多少時間研發這弩矢轉彎之術，你道那不要錢嗎？你以為給你木頭、黃銅、牛角、牛筋就做得出來嗎？我告訴你，這是來找我才買得到，去找別人，出一千兩、一萬兩也買不到一把！我就是氣呀！」

鄭瑤忙道歉：「對不起，江堂主，鄭某失言，請勿見怪。」

江懷才臉色一變，笑道：「不怪，不怪。鄭捕頭是識貨的人，從來不會跟我討價還價，是我太大反應啦。」

鄭瑤問：「這陳三是什麼人，怎麼這麼有錢？」

「問得好！」江懷才湊上前道：「鄭捕頭，我可是照足規矩，凡是訂製武器機關之人，一律都會問清姓名、記載用途。這陳三是金光鏢局的鏢師，彎弩是要保鏢用的。」

「保什麼鏢，要先花兩百兩買武器？」

江懷才聳肩：「這我沒多問。」

曾克勞說：「江堂主，這彎弩既是你們獨門手藝，會不會根本就是他們這趟鏢的鏢物，運到別處拆解量產的？」

江懷才搖頭：「我不擔心。本門手藝，不是外人隨便拆解就能學去的。」

鄭瑤想了想，側頭問曾克勞：「金光鏢局陳三，聽說過嗎？」

曾克勞搖頭。江懷才說：「我讓人查過了。陳三在金光鏢局幹了十年，一直是個沒沒無聞的小鏢師，武藝低微，沒掌過鏢。」

「派個小鏢師捧著兩百兩出來採買兵器？」鄭瑤問。「他們帳房會這樣辦事嗎？」

江懷才道：「他們師爺管帳很嚴。」

曾克勞說：「頭兒，要上金光鏢局問問？」

鄭瑤正待點頭，江懷才已經說道：「鄭捕頭、鄭捕頭，別急著走，我有好東西要給你看！」

鄭瑤忙道：「江堂主，全城都在關注茶棚命案，此刻尚有孩童失蹤，查案刻不容緩，我得盡快……」

江懷才笑道：「我正是聽說你們在山林裡搜尋孩童！我有好東西，肯定派得上用場！來來來，跟我去工坊。」

鄭瑤與曾克勞對看一眼。江懷才是個工匠鬼才，想法天馬行空，發明往往匪夷所思，然則發明實不實用，又是另一回事了。鄭瑤心繫孩童安危，既然說有東西能幫忙在林中搜人，也只好跟去工坊了。

天工門正廳後是座大中院，院子裡堆滿工具材料及器具成品。院子三側都有工坊，眾師傅忙進忙出，好不熱鬧。江懷才的工坊位於角落偏僻處，比其他公用工坊小些，不過人少就顯得寬敞。他一進工坊，立刻從大桌上的藍包袱裡拿出一小顆紙封的彈丸，走到門口說：「兩位請看。」說完把彈丸捏碎，丟到門外院子裡。

彈丸冒出黃煙，凝聚不散，飄升十來丈高，陽光下顯得十分顯眼。江懷才語氣得意：「這煙能反射日月光芒，只要有月亮，夜裡也看得清楚。」

鄭瑤問：「這是給搜林的人聯絡用的？」

「不錯！」江懷才說。「不燃燒、沒高溫，無須擔心樹林失火。味道不刺鼻，還有驅蟲避蛇的效用，帶在身上總沒錯。」他一把拿起藍包袱，整個塞到鄭瑤手上。鄭瑤尚未道謝，他又說道：「既然你喜歡這個，我還有更厲害的！」

鄭瑤說：「我也不是很……」

江懷才拿起桌上一支手指長短的吹笛，說道：「無聲笛，吹吹看。」

鄭瑤接過吹笛就口一吹，無聲無息。他揚眉詢問。

江懷才又拿出一個掌心大小的木盒，木盒中央有奇特機關撥片。他用皮繩如同戴眼罩般將木盒固定在鄭瑤右耳上，請曾克勞拿吹笛到院子外去吹。鄭瑤聽見耳中撥片抖動，發出細微聲響。

鄭瑤不明其理，問道：「這明明沒有聲音？」

「有，只是我們聽不到。」江懷才笑道：「耳盒中的撥片遇上一般聲響不會震動，遇上無聲笛音就會抖了。」

鄭瑤問：「那跟我們林中搜人有何關係？」

「這就是鄭捕頭想不周到的地方啦。」江懷才解釋。「大家若在樹林裡遇上豺狼虎豹，不敢大聲嚷嚷，就可以用無聲笛相互警告呀！」

「你這不……」

「當然鄭捕頭若有興致玩玩夜探民宅什麼的就更有用了。」江懷才接著說。「把風的人一看不對，只要吹笛，你就知道了！」他說完拿起一個長木盒，裡面有五組吹笛加耳盒，推給曾克勞。「拿去用、拿去用！各位大人辦案凶險，多帶點東西防身，總是好的。」

鄭瑤取下頭上耳盒，放入長木盒，說道：「江堂主好意……」

「我好意很多，不必放在心上。」江懷才拉著鄭瑤，穿越工坊，來到側院。側院不大，就擺了些木工工具，停了輛馬車。車後架設大轉盤，盤軸上捆了極長的麻繩。轉盤後是座巨木鳶，布翅橫張近兩丈。

曾克勞歎道：「江堂主好雅興，放這麼大木鳶玩？」

江懷才神色得意：「不是玩的。此乃載人木鳶！」

鄭曾二人齊聲道：「載人木鳶？」

「厲害吧！」

鄭瑤不禁佩服：「眞能載人飛？」

「能！」江懷才說：「就是飛不高。」

鄭瑤走到車後，出手抬抬木鳶。那木鳶看來龐大，重量卻輕，不知何種木材、何種布料所製。他將整架木鳶抬到頭頂，走動兩步又放回車上，說道：「這木鳶比看起來輕，但少說也有十來斤。」

「是不好放。」江懷才說。「需得到城外筆直官道上，兩匹馬拉車，奔行一里，方才放得起來。但這大鳶放到天上可壯觀了，若載了人，從天上看，一目了然，要在樹林裡找個小孩，絕不是問題。」

「你說若載了人？」

「我試過四匹馬拉車，成功起飛。」

「能放多高？」

「呃……」江懷才神色尷尬。「上次那伙計飛起一丈有餘，然後就……摔下來了。」

「摔了？」

「摔斷了胳臂和腿。」江懷才摸摸後腦。「我有給撫卹金，可沒虧待他。」

鄭瑤皺眉：「那根本就不能用嘛！」

「快能用了！快能用了！」江懷才忙道。「我更改過布翼設計，還加了調校機關，下午我就出城試放去。這回兒若放起來，立刻幫你們找人。」

鄭瑤問：「你還有伙計敢上去？」

「重賞有勇夫，只要沒摔死人，總會有人敢上。」

鄭瑤打量他片刻，說道：「近日若有高空摔死的命案，我第一個列你當嫌犯。」

江懷才笑道：「鄭捕頭真愛說笑話。」

鄭瑤朝曾克勞使個眼色：「走了、走了。」

江懷才一把拉住鄭瑤，急道：「不忙著走！我還做了幾架新刑具，定能把人屈打成招。」

「我們不幹那種事。」

「當然不幹、當然不幹。」江懷才又說：「我做了幾架小號的刑具，專門用來對付鄭捕頭上次提到的小妖怪。你不是說她口風很緊，問不出同夥之事？」

鄭瑤停步，轉頭看他。三個月前，鄭瑤偵辦漢陰山孩童失蹤案，在大師伯莊森的協助下，抓回了一名修煉奇特內功的女子。該女貌似孩童，心如蛇蠍，視人命如草芥。莊森說她另有同黨，須得捉拿，但又囑咐鄭瑤萬萬不得與她肢體接觸。只說如果問出線索，不可輕舉妄動，要他派人送信給玄日宗。

鄭瑤說：「採買刑具之事，請江堂主去找衙門帳房趙師爺。」

江懷才道：「師爺說小號刑具不實用，不肯花錢買。」

鄭瑤問：「那你跟我說有什麼用呢？」

江懷才在工坊桌上翻找，拿出一副長及手肘的手套。「我拿金纏絲做了副武林高手也扯不爛的手套。只要讓她戴上，就不怕她摸你了。鄭捕頭可以把她提到我這，審完了再送回衙門。」

鄭瑤有點心動，但還是說：「一件一件來。當務之急是茶棚命案，其他的日後再說。」

江懷才拋下手套，搶先走到門邊，自牆上取下一把弩弓及皮革矢包。他說：「鄭捕頭，這把彎弩你拿去用吧。」

鄭瑤看著弩弓，遲疑問道：「這就是陳三訂的彎弩？」

「正是。」江懷才道。「我交貨後頗有心得，便又多做了幾把。」

鄭瑤問：「照你之前賣價，這一把要四十兩，我買不起呀。」

「不用錢、不用錢！」江懷才搖手。「鄭捕頭若用得順手，幫我叫聲好便是。你叫一聲好，比我叫十聲還強。」說完對鄭瑤解說使用法門，帶他去院子試射。他命人搬來木樁，擋在箭靶前。鄭瑤依法調弦，第一矢插在木樁上，第二矢擦過木樁彈開，第三矢成功繞過木樁，射中後方標靶。

曾克勞「嘖」一聲，說道：「這玩意兒可眞奇。」

鄭瑤皺眉：「但是有何用處？」

曾克勞推測：「繞過無辜百姓，射中後方壞人？」

「一個沒算好，前面的人就死了。」鄭瑤思索。「陳三花大錢購弩，多半另有所圖。」

曾克勞說：「會不會就是爲了繞過茶棚的柱子，去射後面的小孩？」

「不太可能。」鄭瑤搖頭。「茶棚死者除石淵外，全都一箭斃命。凶手的箭法強於一般獵戶，殺人不用這麼麻煩，多半是剛好帶著彎弩，就拿出來用了。」

江懷才說：「講這麼多幹嘛，去把陳三抓來問問，不就知道了？」

鄭瑤立刻說：「江堂主所言甚是，咱們這就告辭。」轉頭對曾克勞：「走了！走了！走了！」

江懷才還待說話，鄭曾二人已經一溜煙跑出天工門。

第四章　未亡人

石謙再度醒轉，渾身仍不舒服，但燒已退了大半，視線也清楚了些。他轉頭打量石室，蠟燭早已熄滅，緊閉的窗縫洩入幾絲陽光，照得石室內只比點蠟燭的夜晚稍微明亮。

石謙奮力挺身，想去開窗。他撐起身子坐在床沿，牽動肩頭傷口，痛得涔涔冒汗，忍不住叫出聲來。他想下地行走，偏偏只要用力，整條右臂就痛。他咬牙站起，劇痛片刻後便再次坐回床上。

石謙喘息片刻，抓起床頭桌上的布條，套上後頸打結，右手穿巾，掛在胸前。他小時候爬樹摔斷過手，他爹就是這樣幫他吊臂。傷痛舒緩後，他終於站起身來，慢慢走向窗戶。他伸出左手推窗，推不開。他道是卡住，使勁再推，文風不動。他湊到窗縫往外看，發現窗外用木板釘死了。

房門「咿呀」地開啓。石謙連忙轉身，只見昨晚那婆婆端了碗粥站在門口。婆婆見他不在床上，微感訝異，說道：「我怕你受風寒，把窗戶釘死。快回床上，別吹到風了。」

石謙慢慢走回床前，坐下說道：「婆婆，我爹和幾位叔伯都在城南茶棚讓人殺了，請婆婆報官。」

婆婆在他身旁坐下，端起粥來，說：「你先安心養傷，其他無須多想。餓了吧？吃粥。」她舀起一匙粥，往石謙嘴裡送去。石謙身體好些，立刻有了胃口，見那粥裡有肉，肚子咕嚕咕嚕直響，張嘴就吃。婆婆見他吃得津津有味，神色歡喜，一口一口餵他吃。不一會兒工夫便吃完整碗粥，婆婆放下粥碗，指著他的吊巾說道：「你傷口尚未完全癒合，還在滲血，不宜移動。我幫你換個藥，你再休息吧。」

她取下石謙的吊巾，解開肩頭纏布，露出長長一條箭傷。「箭頭惡毒帶鉤，我得劃開創口，方能取出。」如今滲血顏色極深，散發腥臭。婆婆皺眉道：「此箭還有淬毒，射傷你的人，跟你有何深仇大恨？」

石謙低頭不語。婆婆自口袋中取出磨碎的草藥，用布沾了抹在傷口上。石謙感到傷口清涼，痛楚又消退不少。他點點頭說道：「謝謝婆婆。」

婆婆搖頭：「我不知這箭上淬得是什麼毒，這裡的草藥未必能解。」

石謙見她又拿乾淨的布條包裹傷口，問道：「婆婆，既然傷口有毒，又難癒合，是否能夠勞煩婆婆送我進城看大夫，順便報官呢？」

婆婆嘆了口氣，說道：「昨夜大雨沖坍了谷口。如今巨石擋道，涼心谷暫時是出不去了。」

石謙心急，問道：「那……那可怎麼辦？」

婆婆道：「不怕，城裡張記雜貨舖的老闆每半個月會入谷一次，幫我帶些鮮肉雜貨。他看到谷口坍了，自會找人挖通。你自管養傷，咱們等候幾日便是。」說著幫布條打結，石謙吃痛，唉了一聲。

「對不住，傷口要包緊，老身使勁大了。」

石謙痛得眼淚都快流出，只能說道：「不，多謝婆婆。」

婆婆看著他笑，神色關愛，說道：「好孩子，真有禮貌。」

石謙眨眼忍淚，問道：「不知婆婆尊姓大名？」

「這谷裡又沒其他人，你喚我婆婆便是。」婆婆說。「我孤身隱居涼心谷，就是為了拋開從前的虛名。」她說著拔出腰間菜刀，刀光一閃，唰的一聲，切斷布條。

石謙嚇了一跳，神色畏縮：「婆……婆婆……」

婆婆笑道：「謙兒別怕，這把菜刀跟了我二十年，救了我好幾回，實在是最忠心的好朋友。你的命，也是它救的。」

「我……我……怎又是菜刀救的了？婆婆不是說看我身受重傷，就帶我回家嗎？」

婆婆說：「是呀，你身受重傷，還有壞人想殺你呢。我出刀趕跑了他，這才救你回來。」

「壞人……」

婆婆摀住他的嘴，壓他躺下，拉起被單蓋好，說道：「你身體虛，莫增煩惱。改天再談吧，休息。」

她拿起髒布空碗，走出房外，關上房門。

石謙待她走遠，忍痛起身，把吊帶套回脖子，以承重右臂，下床。他躡手躡腳走到門口，伸手推門，文風不動。

房門從門外閂住了。

石謙站在門口，背脊發涼，想起適才婆婆菜刀一揮，刀光霍霍，嚇出一身冷汗。

□

出了天工門，曾克勞問：「頭兒，咱們這就是去金光鏢局嗎？」

鄭瑤揹起包袱，將弩弓繫在腰間並把長木盒交給曾克勞，說道：「金光鏢局在城北，過去還得一段路。我想先去城南，把這些東西交給搜救的弟兄，順便造訪死者家屬，查問受僱保鏢之事。金光鏢局否認外僱獵戶，咱們問清楚再去才好。」

「頭兒英明。」曾克勞說。「找人的是獵戶陸訓。頭兒要問保鏢之事，去他們家問吧。」

兩人回到衙門牽了馬匹，騎馬出城。到得茶棚，鄭瑤放下天工門的信號彈丸及無聲笛，交代留守捕快分派下去。捕快問：「頭兒，信號彈丸我懂，那無聲笛有何用處？」

鄭瑤聳肩：「江堂主的好意，你就收下吧。」

曾克勞帶路，兩人轉入南山，趕往陸訓家中。陸訓是南山獵戶之首，刀法好、箭術高，曾獵過白老虎，虎皮賣得好價錢，過得比一般獵戶富裕。他家雖在山中，卻也是座小莊園，喚作「南虎居」。曾克勞一邊帶路，一邊說道：「頭兒，陸家名作南虎居，但附近的人都戲稱爲『母虎居』。這箇中原因，不言而喻了。」

鄭瑤問：「陸訓怕老婆？」

曾克勞道：「陸訓怕不怕老婆，旁人不敢說。但陸大嫂性情剛烈，不讓鬚眉，這事大家都知道的。他二人本是同門師兄妹，從小就是切磋出來的交情，成婚之後，兩人還是經常打鬧。倒不是說夫妻感情不好，只是陸大嫂向來有話直說，不會在外人面前給陸訓留面子。陸訓不幸身亡，陸大嫂雖然傷心，但絕非只會哭哭啼啼，聽說她昨晚已經召集南山獵戶和漁田村的壯丁，一方面幫忙搜救石謙，一方面也在商議抓人復仇。我擔心她聽說金光鏢局否認找獵戶護鏢，可能會鬧出事來。」

鄭瑤皺眉：「此事倒不可不防。然則鏢局否認，我們也不能不告訴她，徜門只能盡力調解，只盼情況不會失控。」

不一會兒來到南虎居，門外陸家長子陸一天一見有官差來，立刻入門回報。兩人站在門外，側頭望向門內，只見內院中擠了十來個人，忙進忙出，不知忙些什麼。曾克勞不悅：「陸家老大二十來歲的人了，怎麼這麼不懂禮數，讓衙門捕頭在門外等？」

鄭瑤見院內有人偷偷看他，說道：「獵戶群情激憤，聚在一起，難保不會說些衙門壞話，咱們等就是了。」

陸夫人四十餘歲，身手矯健、模樣剽悍，一身勁裝，不做喪家打扮，隨著兒子快步而來。院子裡的人見陸大嫂往門外走，立刻跟了過來，十幾個人以陸夫人爲首，站在門內，面對門外兩名官差。

鄭瑤眉頭微皺，朝陸夫人拱手道：「在下金州衙門捕頭鄭瑤，這位是捕快曾克勞。」

陸夫人行禮道：「未亡人陸劉氏向鄭捕頭請安。陸家有喪事，不便請捕頭進門。」

鄭瑤道：「陸夫人請節哀，鄭某今日來訪，有事向陸夫人請教。」

人群中有人喊道：「衙門不去抓凶手，來咱們這裡問什麼？」「石謙呢？你們連個小孩都找不到，幹什麼吃的？」「這事跟金光鏢局脫不了關係，你們怎麼不去找他們碴？」

鄭瑤道：「我們不是來找碴的……」

有人道：「你們這些住城裡的，從來不把我們城外的人放在眼裡。茶棚命案死的都是城外的人，你們當然不肯好好查了！」

曾克勞罵道：「你說什麼鬼話？這不就來查了嗎！」

「你來查我們，是說人是我們殺的嗎？」「去查金光鏢局呀！」「叫他們償命！」

「石謙定是他們抓走了！要他們把人交出來！」

曾克勞還待對罵，鄭瑤揮手阻止他。陸夫人也高舉右手，要眾獵戶安靜。陸夫人道：「鄭捕頭有什麼話，這便問吧。」

鄭瑤搖頭：「衙門辦案，沒有這麼多人旁聽之理，請陸夫人借一步說話。」

陸一天跨步上前，喝道：「有什麼不能讓人聽的？我們南山一十六戶獵戶都是一家人，都是受害者，你有什麼話，大大方方問了！」

鄭瑤道：「一個一個問。向來都是一個一個問。」

陸一天問：「為什麼？」

鄭瑤冷冷道：「怕你們串供。」

陸一天大怒，上前就是一拳。鄭瑤不閃不避，運起師門轉勁訣，挺起胸口受他一拳。鄭瑤的轉勁訣未臻上乘，但陸一天只練過基本外功，出拳不帶內勁，本也傷不了他。就聽見「砰」的一聲，這拳結結實實打在鄭瑤胸口，鄭瑤毫無吃痛神色，反是陸一天驚叫一聲，摀住拳頭。

陸夫人道：「久聞鄭捕頭藝出玄日宗，乃是不世出的高人。今日一見，果然名不虛傳。」

鄭瑤說：「陸夫人取笑了。我本是沒有職司的尋常弟子，並非什麼高人。」

「是啊。」陸夫人道：「鄭捕頭若真是高人，也不會趁亂脫離師門，跑來衙門當差。」

曾克勞要罵，給鄭瑤擋著。他說：「陸夫人，無論我功夫好壞，今日都不是來仗勢欺人的。衙門查辦命案，對各位並無半分惡意，你們把氣出在鄭某頭上，又有什麼好處呢？」

陸夫人凝望他片刻，緩緩踏出門外，側頭對身後的兒子道：「關門。」陸一天關上院門，門外便只剩下鄭瑤、曾克勞及陸夫人三人。陸夫人朝鄭瑤側一側頭，三人一同走開數步，不讓院內之人聽見他們說話。

陸夫人問：「鄭捕頭是真心調查此案？」

「這個自然。」鄭瑤點頭。「不知眾獵戶何以敵視衙門？」

「敵視衙門，其來有自。」陸夫人回頭看看自己家門，說道：「兩年前清孽案，南山廖家和徐家獵戶加起來一十三口人都被暴民誅殺，當時衙門管都不管。其後節度使兵馬入城，圍勦誅匪盟人，又把咱們獵戶抓了好多人去審問。你們衙門辦事，可有把我們城外百姓放在心裡？」

「當年鄭捕頭尚未到任，你們豈可胡亂打人？」曾克勞道：「再說，大家都說舉報廖家和徐家的乃是獵戶石淵，難道陸夫人另有看法？」

陸夫人神色憤慨：「石兄弟正直不阿，乃是一等一的好人，絕不會誣賴鄉親。」

鄭瑤道：「克勞，你都說過不能證明是石淵舉報，沒證據的事不可亂說。」

「是，卑職失言。」曾克勞轉向陸夫人。「請陸夫人恕罪。」

陸夫人見他認錯，便不再提，說道：「衙門怎麼待我們，我們看在眼裡，這也不是鄭捕頭幾句話便能改變之事。鄭捕頭既然有心爲我夫君查案，未亡人自是心存感激。只不過……此案死的人多，鄉親群情激動，衙門若不能盡快破案，就怕有人衝動行事。」

鄭瑤說：「還請陸夫人費心，先讓鄉親把心思放在尋找石謙上。捉拿凶手之事，鄭某必當盡心盡力。」

陸夫人微微點頭，說道：「鄭捕頭有何疑問，這就請說。」

鄭瑤問：「金光鏢局與陸先生接頭的是誰？」

陸夫人道：「鏢師陳三。」

鄭瑤和曾克勞對看一眼。鄭瑤說：「陳三可有說過要護什麼鏢，帶鏢的鏢頭是誰？」

陸夫人想了想，搖頭道：「他有提到一位毛大爺，卻沒說誰是鏢頭。暗鏢，假扮運送皮貨的商旅，貨物就只一車。」

鄭瑤問：「有沒有可能是陳三自己找人，私下接鏢？」

陸夫人臉色一變：「鄭捕頭這麼問是什麼意思？金光鏢局不承認找人保鏢嗎？」

鄭瑤道：「陸夫人先別動怒，鏢局接鏢有單有據，不是說不認就能不認的。然則一個鏢局的小鏢師跑到城外找獵戶接鏢，這等事情可不常見。陸先生與陳三可是舊識？」

陸夫人神情訝異：「不是。陳三是一個月前主動上門接頭的，我夫君並不認識他。」

鄭瑤問：「難道陸先生不覺得奇怪嗎？」

陸夫人神色苦惱，輕揉太陽穴，說道：「那陳三把我們奔流刀法捧上了天，聽得我夫君舒舒服服，彷彿少了他便出不了鏢。加上他出手闊綽，我夫君就……開開心心幫他辦事了。」

「陸先生沒有親上鏢局，確認此事？」

「陳三說……」陸夫人語氣遲疑。「他說暗鏢隱密，知道的人越少越好，就連鏢局裡也只有幾個人知道，所以他才要找外人護鏢。難道……」陸夫人看著鄭瑤，眉頭深鎖。「難道眞是他私下接鏢，不關鏢局的事？」

鄭瑤道：「我會去鏢局問清楚的。」

「鄭捕頭，」陸夫人問：「會不會暗鏢之事洩露，有人爲了搶鏢，先行除掉保鏢之人？」

鄭瑤與曾克勞對看一眼，各自思索。鄭瑤說：「這倒也不無可能。但若爲了搶鏢，總該等鏢物入手再搶，不然殺光了鏢師，僱主另行僱人護鏢，不是白饒嗎？」

曾克勞問：「會不會鏢物已經入手了？」

陸夫人問：「會不會鏢物已經被奪了？」

鄭瑤搖頭：「瞎猜無益。總得去金光鏢局問個明白。」拱手正要告辭，陸夫人突然抓他衣袖，問道：「我想跟你同去金光鏢局。」

鄭瑤輕輕推開她的手，說道：「我明白夫人心急，但妳丈夫剛剛過世，容易意氣用事。金光鏢局還是讓衙門的人去就好了。」

陸夫人說：「鄭捕頭，我那些鄉親你剛剛都看到了。此刻他們認定是金光鏢局要爲殺人負責，還有人說石謙是他們抓走的。我若不盡快釐清此事，他們便會找上鏢局。」

「這……」鄭瑤摸摸腦袋，神色爲難。他嘆口氣，問道：「陸夫人……老實說，妳們到底聚集了多少人？」

「一十六戶獵戶，加上漁田村村民，總有將近百人。」陸夫人說。「此刻大部分人都在山林裡搜尋石謙下落，但也有人說……倘若是金光鏢局帶走石謙，大家也得要盡快去逼他們交人才行。」

鄭瑤抬頭看看天色，又低頭瞧她片刻，說道：「妳去跟鄉親說，今晚妳隨衙門去探金光鏢局，要他們明天等妳回來再從長計議，千萬不要輕舉妄動。」

陸夫人點頭。「我不在，他們不會亂來。」說完回南虎居向眾人交代。

曾克勞低聲道：「頭兒，她不在，鄉親不會亂來。那不明擺著說鄉親若是亂來，都是受她指使嗎？」

鄭瑤聳肩：「讓她跟在身邊，至少鄉親不會亂來。」

「也只好這麼辦了。」

□

三人當即下山回城。路上，鄭瑤問起一眾死去獵戶，陸夫人據實以告。南山獵戶自給自足，平日打獵都是各打各的，若山中出現猛獸，才會由陸訓帶頭，聯手除害。陸訓曾開堂授課，指導眾獵戶一些強身健體的粗淺功夫。當時兩夫婦就已看出石淵會武，且非庸手。不過大家都是黃巢亂後來此定居，各人都有各自的故事。石淵既然不提過去，也不在人前顯露功夫，陸氏夫婦也就沒有多問。除石淵和陸訓外，另兩名茶棚案中遇害的獵戶都不會武功，平日也不曾與人結怨，多半不會有什麼過去的麻煩找上門來。倘若凶手殺人是出於私怨，推測目標不是石淵，便是陸訓。

鄭瑤問她：「敢問尊夫可有什麼仇家？」

陸夫人說：「我們師兄妹學的是漢水派奔流刀法。」

「漢水派？」

「覆滅於黃巢之亂。」陸夫人唏噓道。「大家各自逃命時，派中剩下不到十人。平亂之後，我們沒再見到任何同門，不知還有沒有人活下來。我和師兄並非派中出類拔萃的人物，從來也沒想過要復興本派。如今師兄過世，我那六個子女畏苦怕難，沒一個想習武，眼看奔流刀法就要失傳了。」

鄭瑤嘆：「亂世之中，門派覆滅，武功失傳，多少從前的瑰寶就這麼沒了。」

「不像你們玄日宗，趁著亂世蓬勃發展。」

鄭瑤搖頭：「玄日宗在黃巢之亂時也死到沒剩幾個人。蓬勃發展是平亂之後的事了。」他不願多提從前門派之事，問道：「夫人要說的恩怨是？」

陸夫人遙想當年，搖頭道：「都是陳年往事。平亂之後，我們也曾想爲師門報仇。當年山南道的黃匪有不少流竄於金州附近山野，我們在路上認識了獵殺黃匪的石淵兄弟，就一起合作幹起……殺人報仇之事。」

鄭瑤問：「你們……是誅匪盟的人？」

陸夫人搖頭：「我們沒有加盟。報仇……是很私人的事，沒道理大張旗鼓來幹。」

「那你們殺了當初滅漢水派的人沒有？」

「不知。」陸夫人深吸口氣。「我們根本不知道漢水派是誰帶頭滅的，不知道對方是有過往宿怨，還是爲了搶錢搶糧，或只是因爲殺得眼紅。我們就是恨黃匪，想殺黃匪，一直殺到我們眼睛也紅了爲止。」

「眼紅了之後又怎樣？」

陸夫人伸手看著。她的手微微顫抖。「就在山裡找塊空地，定居下來，遠離人群，打獵維生，把過去幾年的事情當作沒發生過。冷血殘殺的那些黃匪，也當作都沒殺過。你說我們有沒有仇家呢？仇家多得很。他們會不會來找我們報仇呢？不知道。」

「你們跟石淵一起獵殺黃匪，那時都沒發現他會武功？」

「他當時刻意掩飾，只用弓箭。他的箭術百步穿楊，有他掩護，我們就可以專心……辦事。」

曾克勞突然問：「兩年前誅匪盟的事情……」

「我們看在眼裡，都很難受。」陸夫人眼中泛淚。她昨日死了夫君，今日都不見她哭，但此刻提起誅匪盟，她卻像比死了夫君還要難受。「看著他們舉報，看著他們嗜血，彷彿從前再度找上門來。那就是我們從前的模樣。我們……根本不是人。」

「妳說我們是指？」

「我、師兄，還有石兄弟。」

曾克勞說：「但石淵的老婆死在黃匪餘孽手中。」

陸夫人臉色陰沉。「你叫他們黃匪餘孽，我卻說他們是張員外、趙老闆、李當家。他們在金州定居二十年，趙老闆常買我的皮貨，張員外更是派粥救急，人人稱善的大善人。誅匪盟那種東西，早就該銷聲匿跡，他們撐了二十年還在靠仇恨維生，根本不是東西。」

鄭瑤問：「靠仇恨維生？」

陸夫人「哼」了一聲。「你以為張員外他們被揭發後，家產哪裡去了？」

鄭瑤說：「不是充公嗎？」

「充公？」陸夫人道。「鄭捕頭還真是天真。能有一半充公就不錯了。」

鄭瑤轉向曾克勞，曾克勞說：「當年查封黃匪餘孽財產，咱們到的時候，值錢的東西都被搬光。衙門對外是說黃匪逃走時帶走，或被留下的家丁搶光。但事實上，他們逃得匆忙，不可能有時間變現家產。據我們推測，多半是有人早就知道他們會被舉報，趁情況一亂就先進去搶了。」

鄭瑤心想查封家產這種事，衙門捕快多半也有抽掉一層油水，但他沒有把話說破，只道：「誰能提早知道他們會被舉報？」

「除了舉報他們的人，還會有誰？」陸夫人說。「誅匪盟就是這副德性，二十年前就這樣了。只是二十年前，打著誅匪旗號，明搶豪奪都不會有人說什麼。但是那麼幹，跟黃匪又有什麼差別？毛耀宗，我呸！」

曾克勞問：「夫人識得毛耀宗？」

「二十年前見過一面。」陸夫人說。「他想要我們加盟，我們沒答應。」

「兩年前呢？」

「他有派人來南虎居求見，我們沒見他。」

「石淵有見嗎？」

陸夫人一愣：「不知。以石兄弟的個性，多半不會見。」

「但他後來死了老婆，倘若毛耀宗再去找他加盟，他會不會答應？」

「他這兩年一直待在南山，不是嗎？」陸夫人語氣不悅。「死者不能自辯，請捕快大人不要隨口誣賴。」

曾克勞低頭：「是我失言。」

鄭瑤思索片刻，抬頭看見陸夫人面有淚痕，他問：「陸夫人，獵殺黃匪之事，始終在妳心中糾結？」

陸夫人伸手拭淚。「鄭捕頭是說我鐵石心腸，夫君過世也不傷心，卻為了這些往事落淚？」

鄭瑤不好說是，只有默認。

「我夫婦二人一直為了從前的罪孽深受折磨。然則十幾年來，平凡度日，養兒育女，陰霾總算慢慢過去了。直到兩年之前，二度清孽，我師兄就此墜入當年的地獄，再也開心不起來。」她再度落淚，落得比之前更多。「死，是解脫。我是這麼看的。」

「請陸夫人節哀。」

□

黃昏時來到金光鏢局。鏢局伙計見是捕頭鄭瑤，立刻迎入正廳命人奉茶，下去通報。鄭瑤等人見標局的人忙進忙出，在院牆後架設木樁、堆置障礙，各式武器布置妥當，屋頂還有人持弓放哨，一副嚴陣以待，如臨大敵的模樣。曾克勞湊到陸夫人耳邊，說道：「妳看他們在防什麼？」陸夫人皺眉：「莫不是在防南山獵戶？」鄭瑤說：「一會兒問問。」

片刻過後，二標頭秦霸天自內院趕來，見到鄭瑤便拱手行禮：「鄭捕頭大駕光臨，金光標局蓬蓽生輝！卻不知捕頭來此有何貴幹？若是爲了茶棚命案，我昨日就對衙門的人說過，金光鏢局絕對沒請外人走鏢。」

鄭瑤放下茶杯，微笑說道：「二當家，給你介紹。這位是南虎居陸夫人。」

秦霸天臉色一變：「鄭捕頭，你帶她來做什麼？」

陸夫人深吸口氣，正要說話，鄭瑤攔住她道：「二當家，你們嚴陣以待，是在防什麼人呢？」

秦霸天看看陸夫人，又看回鄭瑤，說道：「我們聽說南山獵戶齊聚南虎居，恐有不利於本鏢局之舉，是以加強防禦，以防萬一。」

鄭瑤回頭看看在院子裡忙的伙計，此刻天色陰暗，他們已經打起燈籠辦事。鄭瑤回頭問：「貴鏢局若怕獵戶挾怨報復，怎麼不來報官，請衙門幫忙呢？楚大人最討厭百姓聚眾械鬥，難道二當家想要私下解決？」

秦霸天忙道：「不是！不是！是……咱……咱們也只是聽說，獵戶……只怕也尚未決定要不要來攻打咱們。此刻……呃……還沒到該報官的時候。」

「這麼說也是。」鄭瑤點頭道。「茶棚案已有七名死者，衙門擔心你們打打鬧鬧，死更多人，這才帶了陸夫人來，讓你們當面說話。你們大當家呢？」

秦霸天支吾道：「我哥哥他出門走鏢了。」

「喔？」鄭瑤揚眉，轉向曾克勞：「我怎麼沒聽說？」

曾克勞回：「我也不知。昨日回報的弟兄沒說。」

秦霸天說：「鄭捕頭，本局鏢頭出鏢，不須回報衙門呀。」

鄭瑤說：「現在出這麼大事，大當家不在，這鍋可不好揹。有事，二當家負責嗎？」

「我……」

「大當家是什麼時候出鏢的？」

「是……」

鄭瑤打斷他：「二當家想清楚再回答呀。此事不難驗證，要讓我知道你信口開河的話……」

秦霸天神色尷尬，說道：「我哥哥……是昨日出鏢的。」

「喔？」鄭瑤點了點頭，看看曾克勞，再瞧瞧陸夫人，三人一起盯著秦霸天。

秦霸天垂頭喪氣，不敢直視三人。

「二當家，」鄭瑤緩緩說道。「陸夫人有話想問你。」

秦霸天嘆氣：「夫人請問。」

陸夫人道：「二當家說沒有找我夫君保鏢？」

「絕無此事。」

陸夫人問：「那你自不怕我找人對質了。」

「夫人要找誰對質？」

「陳三。」

秦霸天抽了口氣：「陳三他……陳三失蹤了。」

曾克勞噗哧一聲，笑了出來。「唉，二當家，這不是走鏢，就是失蹤，我瞧你留在鏢局，根本是揹黑鍋的吧？」

秦霸天唯唯諾諾：「陳三失蹤，我們也在找他。敢問陸夫人，爲何要與陳三對質？」

陸夫人說：「是他來找我夫君保鏢的。」

秦霸天突然理直氣壯起來：「陸夫人找個失蹤的人說要對質，這不挺方便的？」

陸夫人大怒：「你敢說？你是惡人先告狀！」

「夫人先息怒。」鄭瑤上前，問秦霸天：「二當家，陳三失蹤究竟怎麼回事，請你說說。」

秦霸天道：「陳三是我們鏢局多年的老鏢師，功夫還過得去，但是好賭，經常欠債，人緣又不好，是以始終沒有晉升鏢頭。上個月他手頭突然寬裕起來，不但把積欠鏢局伙計的債務還清，還請大家喝花酒。有人問他，他都說是賭錢手氣好。但我派人去他相熟的賭場查問，他最近還是照常輸錢。」

鄭瑤問：「二當家經常留意鏢局伙計的財源？」

「鄭捕頭明鑑，咱們做鏢局生意的，經常經手他人財物。鏢局講究商譽，絕不能讓別人懷疑咱們中飽私囊，監守自盜。」

鄭瑤點頭：「有道理。那陳三的錢是從哪裡來的？」

秦霸天道：「帳房細查帳務，並無短少。推測他是另有財源。」

鄭瑤問：「會不會他打著鏢局的旗號，私下接鏢？」

秦霸天忙道：「這種事情，鏢局是有明令禁止的！」

鄭瑤問：「明令禁止，就不會有人幹嗎？」

秦霸天遲疑：「是……在鏢局閒置的鏢師，偶爾接點小鏢，不告訴鏢局，也是有的。但通常距離不遠，也賺不了幾個錢，只要不影響鏢局商譽，咱們也不會說破。陳三出手如此闊綽，鏢局可不能不理。」

「查出什麼來了？」

秦霸天點頭：「他購置車輛馬匹及遠行器具，寄放在城西天野客棧。」

曾克勞說：「這麼大手筆？不僱車，直接買？」

「或許是僱主為求低調，不願讓人查到他們身上。」

鄭瑤問：「你們有跟他去到天工門嗎？」

秦霸天吃驚：「有。但沒見到他買了什麼。天工門的人口風很緊，不肯透露，鄭捕頭知道？」

「知道。」鄭瑤說。「他訂製了能讓弩矢轉向的彎弩。」

「弩矢轉向？」秦霸天皺眉。「有這麼神奇的弩弓？」

「出現在茶棚案現場。」鄭瑤說。「我們就是透過遺留的弩矢查到天工門的。」

秦霸天大驚：「難道……茶棚命案竟是陳三所為？」

鄭瑤問：「你說他何時失蹤？」

秦霸天說：「他已經三日沒來鏢局。不過我們是在昨日衙門捕快前來詢問僱用獵戶走鏢之事後，開始清點人員，才留意到他失蹤了。鄭捕頭，你也知道，這等好賭之徒，沒事就在賭場流連，或讓賭場扣住，幾天沒露面都不是什麼大不了的事。

「你們查到他私自接鏢，沒有找來當面對質嗎？」

秦霸天說：「他既買了車，自然還得找人。我想等查出他找了些什麼人護鏢，這才出面對質。」

陸夫人喝道：「昨日官差都來問了，你會沒有想到一塊兒？」

「我……」秦霸天低頭。「我以爲他會找鏢局的伙計一起辦事。此事尚未對質，無法肯定，我總得……總得……」

鄭瑤說：「總得先把陳三找出來？」

「是。」

陸夫人問：「找出來後，是要串供，還是滅口？」

秦霸天大驚：「陸夫人這什麼話呢？」

鄭瑤說：「我也想問。倘若命案是陳三所犯，二當家如何處置？」

秦霸天道：「自然是交給官府。」

鄭瑤揚眉：「事關鏢局商譽，二當家似乎把商譽瞧得很重呀。金光鏢局的鏢師是殺人不眨眼的大魔頭，這話傳出去……嘖嘖嘖。」

秦霸天急道：「鄭捕頭，這……陳三向來膽小怕事，他不會……不會……我想人不是他殺的。」

突然有鏢師闖入正廳，大喊：「二當家！二當家！」來人行色匆匆，汗流浹背，一看就是從外面跑回來的。他見廳中有外人，立刻閉嘴，走到秦霸天身前，在他耳旁低聲說話。

秦霸天眉頭一皺，朝鄭瑤偷看一眼。

鄭瑤瞧見他的神色，不禁好笑道：「二當家真是老實人，喜怒完全形於色，想瞞什麼都瞞不住。」

秦霸天尷尬陪笑，說道：「是。鄭捕頭，那什麼……找到陳三了。」

鄭瑤眼睛一亮：「在哪裡？」

「在天野客棧。他化名入住，是以之前沒有查到。」

「現在怎麼查到了？」

「他……他死了。」

□

鄭瑤怕金光標局的人動手腳，要曾克勞快馬加鞭，先行趕去天野客棧。他跟陸夫人及秦霸天等人抵達時已近二更時分，衙門捕快守在客棧門口，不讓閒雜人等出入。

眾人進入客棧，就聽見曾克勞在跟掌櫃問話：「你說他入住後，便沒出來過？」

掌櫃答：「是呀，大人。飯菜都叫人送到樓上去，囑咐我們別讓人知道他有住店。」

「他有說在防什麼人？」

「沒。他在咱們店裡寄放車輛，預付了很多錢，咱們自然……不會亂說話。」

「他本來找你都用本名，最後入住卻用化名，你都不奇怪嗎？」

「這……」掌櫃笑容僵硬。「曾大人，陳三爺是我們老主顧，平時每幾個月總有幾日被人逼債，化名入住小店避風頭。這事……沒什麼好奇怪的。」

曾克勞一拍桌子：「現在人死在你店裡了，你說奇不奇怪？」

掌櫃嚇了一跳，忙道：「奇怪！太奇怪了！」

鄭瑤走過去問：「奇怪什麼？」

掌櫃張口結舌：「奇怪……奇……小人不知。」

鄭瑤問：「他這回住多久了？」

「三日。」

「有沒人來找過他？」

「有……」掌櫃努力思索。「除了金光鏢局的大爺外，就是一個……一個中年胖子，留鬍子，黃衣商人打扮，揹了個藍布包袱，沒留姓名。他說他是陳三爺的朋友，有要緊事要找他。我說沒見著，他就丟下一串銅錢，要我幫他留意。」

鄭瑤說：「你要留意著了，怎麼通知他？」

「他說他晚上會再回來。」掌櫃說。「但他沒來。」

鄭瑤點頭：「他要是回來，你立刻報官。」

「是。」

曾克勞領頭，帶眾人上樓前往陳屍現場。陳三住在最僻靜的天字五號房，此刻有個捕快守在門外，見是鄭瑤來了，連忙行禮。曾克勞在進房時道：「房門本從裡面門著的，凶手行凶後從窗口離開。掌櫃的見陳三已經一天一夜沒叫人送飯，便讓小二上來查看。適逢金光鏢局的人上門找人，聽見樓上小二連連敲門，掌櫃的又神色鬼祟，便跑上來把門踹開。」

陳三躺在地上，臉色慘白，已有大片屍斑。他嘴旁積了灘凝固血泊，血量不多。從外表看，死亡已經超過一日。

進屋的都是看慣死屍之人，便只秦霸天低呼一聲，嘆道：「陳三呀陳三，你瞎忙一生，就這麼死了。」

曾克勞說：「屋內並無打鬥痕跡。以陳三的功夫……」說著轉向秦霸天。

秦霸天道：「他是入鏢局後才跟我哥哥學功夫的。我們一般教鏢師的都是粗淺功夫，哥哥見陳三習武認眞，便教了他一套飛瀑刀法。他的功夫在我們鏢局裡算不錯的，一般毛賊不是他的對手。」他看看屋內擺設，就連桌上的茶碗都沒有傾倒，說道：「遇上麻煩，他定會反抗。屋內毫無打鬥痕跡，要嘛就是他認識兇手，不然就是遇上眞的高手。」

眾人站在陳三四周，同時蹲下。掌櫃的讓小二送了五支大蠟燭，點燃起來，燈火通明。

曾克勞拉開死者衣襟，露出胸口掌印，說道：「是高手。」

眾人同時抽口涼氣。那掌印奇特，掌緣破裂出血，整塊沉入胸口，彷彿有人用刀沿著手掌在死者皮膚上割出手掌形狀，然後使勁壓下。曾克勞抬頭看向眾人，說道：「一掌打出，內外俱傷。各位見多識廣，知不知道這門功夫？」

秦霸天搖頭。鄭瑤皺眉思索，沉吟道：「此掌鋒利霸道，刀氣縱橫，兇手定是用刀高手。」

陸夫人緩緩說道：「這是泉州瑯環派的天刀一掌。」

眾人轉頭看她。鄭瑤道：「沒聽說過這門派。」

陸夫人點頭：「那也是毀在黃巢手中的門派之一。黃巢之亂打得中原武林元氣大傷，好多神奇功夫都失傳了。這招天刀一掌，就此一掌，乃是融合他們瑯環刀法內外精髓的掌法，只有他們門派中的頂尖高手才能使出。據我所知，當今世上就只剩一人還會此掌。」

鄭瑤忍不住道：「我就喜歡如此明確的線索。」

陸夫人說：「那人名叫朱明虎，是誅匪盟的人。」

鄭瑤和曾克勞微微一愣，秦霸天神情震驚。陸夫人續道：「他是毛耀宗的左右手，平日不對外出面，負責暗中處理麻煩，死在他手中的黃巢餘孽不計其數。他的武功可比我們夫婦倆強多了。」

秦霸天訝異：「陸夫人跟誅匪盟有何關係？」

「毫無關係。」

鄭瑤伸出手掌，在陳三胸口掌印前比了比，皺眉沉思。曾克勞問：「頭兒，要是遇上此人，你能拾奪下嗎？」

鄭瑤搖頭：「我未必是對手。」

曾克勞大驚：「怎麼會？玄日宗不是天下無敵嗎？」

鄭瑤瞪他：「早說了我是尋常弟子，別老把我捧得天下無敵，好嗎？」

曾克勞不信：「你的武功……我給你提鞋都配不上呀。」

鄭瑤起身。「武林之中臥虎藏龍的人多了。就連南山獵戶中，也有陸夫人這等深藏不露的人物。」

「深藏不露又怎樣？」陸夫人嘆道。「我夫君還是讓人一箭斃命。」

一提起陸訓，眾人才想起茶棚命案的死者。曾克勞問：「誅匪盟如何牽扯此事？難道茶棚命案也是誅匪盟幹的？」

眾人凝神細想，只覺疑點甚多，難以兜攏。鄭瑤說：「陳三訂製的彎弩出現在茶棚命案現場，而陳三又遭誅匪盟的高手殺害……」他望向曾克勞：「剩下的彎弩呢？你找過沒有？陳三購置的馬車不是說都停在天野客棧？」

「找過了，沒有。」曾克勞說。「馬車也都開走了。」

「開走了？陳三沒走，馬車走了？是誰開走的？」

「掌櫃的不知。」曾克勞答。「客棧的人都不知道。他們說昨日晚間去馬廄餵馬，才發現車都不見了。」

陸夫人道：「朱明虎殺了陳三，隨即駕車離開。」

曾克勞問：「此事當真與誅匪盟有關？毛耀宗銷聲匿跡兩年，大家都道他躲到南方去了。沒聽說他回歸金州的消息？」

鄭瑤看向陸夫人，問道：「毛耀宗有動機殺害尊夫嗎？」

陸夫人直覺搖頭，但還是想了想，才說：「據我所知，沒有。當初他找我們加盟，我們說理念不合，他也沒有強求。不過說起來，誅匪盟的勢力遍布大江南北，但毛耀宗待在山南道的時間確實多過其他地方。我曾與夫君論及此事，他認爲毛耀宗多半有什麼特別想殺的目標躲在山南道。鄭捕頭以爲如何？」

鄭瑤說：「我跟誅匪盟不熟。」

秦霸天突然問道：「陸夫人，我聽說兩年前楚大人圍勦誅匪盟，只剩下毛耀宗和幾名手下走脫。妳知道他身邊還剩些什麼人嗎？」

陸夫人說：「打手朱明虎，軍師葛春秋，加上盟主毛耀宗，此爲誅匪三巨頭。想滅誅匪盟，須得除掉這三個人。」

曾克勞說：「這三個人都在衙門通緝名單上。」

秦霸天還問：「葛春秋和毛耀宗的武功家數？」

鄭瑤插嘴道：「二當家，天色不早了，夫人也累了。只憑陳三身上一掌，不足以認定誅匪盟有人涉案，望二當家回到鏢局不要亂說。誅匪盟在金州積怨太多，若讓百姓懷疑茶棚七條人命也是他們所爲，只怕事情會一發不可收拾。」

秦霸天點頭：「是，我理會得。我只想問陸夫人……」

「夫人累了。」鄭瑤瞪著他道。「衙門還要處理屍首，二當家請回吧。」

秦霸天拱手道：「失禮。在下告退。」說著退出房外，離開客棧。

鄭瑤向陸夫人道：「夫人，夜已深，回家不便，不如就在天野客棧將就一宿，明日再出城吧？衙門買單。」

陸夫人道：「多謝鄭捕頭。」

鄭瑤讓門外捕快帶陸夫人下去安排住房事宜。天野客棧出了命案，客房皆空，想住哪間任君挑選。陸夫人挑了一樓的地字號房，遠離陳三陳屍處。

殮房開來大車，搬運屍首離開。

鄭瑤跟曾克勞回到客棧飯廳，請廚房切點剩菜，草率吃了晚飯。曾克勞邊吃邊說：「頭兒，這兩日可眞累了，打點酒來喝喝。」

鄭瑤搖頭。「今晚還沒完呢。」

曾克勞垂頭喪氣：「我就知道你會這麼說。」

鄭瑤道：「吃完飯，咱們兩人夜探金光鏢局。」

「頭兒也認爲他們有鬼？」

鄭瑤說：「他們戰戰兢兢、如臨大敵，但金光鏢局的鏢頭武功都不弱，一般鏢師平日也有習武。南山獵戶跟那些村民只是烏合之眾，就算人多，鏢局的人也不會把他們放在眼裡，我看他們怕的另有其人。」

「怕到連大鏢頭秦震天都丟下鏢局跑了？」曾克勞問。

鄭瑤搖頭：「秦震天對待屬下甚好，爲人又有義氣。當年因爲手下鏢師落入強盜手中，寧願放棄鏢物，大賠一筆，也定要救回鏢師性命。開鏢局開到這樣，也算了不起了。我瞧他不會貪生怕死，丟下鏢局不管。」

「頭兒以爲他去哪兒了？」

「一會兒去鏢局弄個清楚。」

第五章　探鏢局

夜深人靜，石謙放慢動作，偷溜下床。晚間菜刀婆婆又來幫他換藥餵粥，還說故事哄他睡覺。石謙本想假裝睡著，待婆婆離房後，立刻下床走動，然則那婆婆的故事著實讓人好睡，聽著聽著就睡著了。醒後不知時辰，從窗外蟲鳴聲聽來，多半已過子時。

石謙戴起吊巾，在桌上的換藥器具中拿起剪刀。他高燒已退，除了傷口依然劇痛，已能行走自如。他走到門口，推一推門，仍是由外上閂。他以一端刀刃插入門縫，卻是太粗，插不到底，也碰不到後方門閂。他使勁壓下，木門嘎吱一響，嚇了他一跳。他側耳傾聽，門外並無動靜，於是一手貼門，拔回剪刀。

他走到窗邊，同樣用剪刀去插窗縫，徒勞無功。房門只是用門閂閂著，窗戶卻是從外面用木板釘死，要靠剪刀硬撬，聲音肯定極爲吵雜。他拔出剪刀，垂頭喪氣，一時間不知如何是好。

此時門後傳來解閂聲。石謙嚇得魂不附體，來不及衝回床上躺好，只得將剪刀藏在身後，轉身面對門口。

門開，菜刀婆婆探頭進來，問道：「謙兒，你不睡覺，下床做甚？」

石謙道：「是……我躺著發慌，想出門走走。」他鼓起勇氣，問道：「婆婆爲何門門，不讓我出去？」

菜刀婆婆笑道：「婆婆是怕你受風寒。咱們如今困在谷裡，藥材取得不便，須得小心在意身體，知道嗎？」

「是，婆婆。」

「等你傷好了些，再出門去走吧。今晚的月色，可美的呢。」她輕嘆一聲：「就不知道老身還能欣賞月色多久呀。」

「婆婆……」石謙心中有個聲音要他奉承菜刀婆婆。「婆婆身強體健，定能長命百歲。」

菜刀婆婆笑得合不攏嘴：「謙兒眞會說話、眞會說話。比從前那些……嘻嘻。」

石謙心裡一驚，脫口問道：「從……從前那些？」

菜刀婆婆輕輕掩嘴，笑道：「可不是嗎？從前那些娃兒，哎呀，嘿嘿……」她腦袋縮回門外，接著又再次探進，說：「對了，謙兒，剪刀玩完就放回去，別一直拿在手上，弄傷身子就不好了。」

石謙額頭冒汗，回道：「是，婆婆。妳的剪刀可眞……別緻。」

婆婆說：「剪剪布什麼的還行，要來撬門開窗可不成呀。」

石謙手軟，剪刀「啪」地落地。

婆婆說：「別摔壞婆婆的東西。」說完關門上閂，將石謙留在房裡一個人害怕。

□

鄭瑤同曾克勞返回衙門，換上夜行衣再度出門。抵達金光鏢局時，街上除更夫外，再無其餘行人。金光鏢局燈火通明，巡哨伙計三人一組，打著燈籠在高牆內外沿牆而行，端得是嚴陣以待。

鄭瑤爬上鏢局對面民房屋頂，由屋脊後探頭而出，打量鏢局形勢。鏢局共四進，有前後兩座大院子。此時藏身屋頂可以看見前院及東側巷中景象。鄭瑤拍拍曾克勞，兩人退回屋脊後，仰天躺平。曾克勞說：「頭兒，內外都有巡邏，你想算準時機偷混進去可不容易。」

鄭瑤取出天工門的無聲哨，塞到曾克勞手中。自己拿起耳盒，套上右耳，道：「正好試試新鮮玩意兒。」

曾克勞咂舌：「你還眞敢試他的東西？」

鄭瑤說：「一會兒等外面的巡邏走過，我就進巷子去等。你看到內牆巡邏過去後，便給我吹哨子打信號。」

「頭兒保重。」

鄭瑤滑下屋頂，落地後來到巷口，側身偷看對面鏢局。沒過多久，暗巷中傳來燈火，三名巡邏伙計走出側巷，轉向鏢局正門走去。鄭瑤輕手輕腳地穿越大街，進入鏢局東側巷並往巷內走出幾丈，在陰暗處等。片刻後，牆內腳步聲起，隱約也能看見燈籠火光搖曳。有人說話：「王大哥，你不覺得二當家反應過頭了？」

另一人道：「陳三都讓人一掌打死了，咱們當然得防著點。」

又一人說：「那些獵戶這麼厲害？」

先前的人說：「獵戶要殺陳三，除非遠方放箭，我看陳三不會是獵戶殺的，上面要咱們嚴加戒備，防的不是南山獵戶。」

三人逐步走遠，鄭瑤也沒跟上去。這時耳中撥片震動，曾克勞吹動無聲哨。鄭瑤飛身躍起，右腳在牆上墊步，一個筋斗翻牆而入，落在鏢局前院裡。如今前院擺滿木樁武器，黑夜中掩飾行跡並不困難，鄭瑤一邊留意巡邏，一邊往內院移動。內院兩側有廂房，佔地比前院小，又沒太多東西，要藏身較爲不易。鄭瑤待巡邏之人通過，往最近一間尚未熄燈的廂房掩去。他自窗外偷看，只見房內有個不認得的鏢頭，正自就著燭光保養兵器。鄭瑤一間一間探將過去，來到第五間房外，聽見有人說話。正好此時巡邏的人轉上這道走廊，鄭瑤手腳並用，爬上梁柱，翻身躲入黑暗之中。待得巡邏之人通過，他才凝聚耳力，傾聽房內之人說話。

一名男子說道：「二當家，陳三幫他們辦事，他們又爲什麼要殺他？」

秦霸天的聲音：「倘若茶棚命案眞是陳三所爲，是我也要殺他滅口。籌劃許久，結果搞這種事？」

男子問：「他們究竟在籌劃什麼？」

秦霸天說：「誰知道？也不知大當家現在怎麼了。」

一名女子說道：「茶棚獵戶都是陳三找的人，他沒道理殺光他們。」

秦霸天說：「對，所以我說是他搞砸了。事情不知如何洩露出去，人給殺光，壞了計畫，是以殺了他滅口。」

「但是洩露給誰？什麼人這麼心狠手辣？冷血殺害七個無辜之人，說不定還帶個小孩？」女子越說越怒。「他有什麼目的？你說，你說呀！」

「嫂子，請冷靜。」秦霸天勸道。

「你要我如何冷靜？」女子說。「要不是他殺了那些獵戶，毛耀宗怎麼會來威脅大哥走鏢？如今他們又殺了陳三滅口，你說，等大哥沒有利用價值後，他們有可能不殺他嗎？」

另一名男子說：「二當家，大嫂說的很有道理。毛耀宗讓陳三私下找的人死了，他就來逼大當家帶人出鏢。我看那些獵戶事後多半也分不到甜頭，本來就是會被滅口的。」

秦霸天「嘖」了一聲。「你講這做甚？徒增大嫂擔心。」

鄭瑤心想：「這位大嫂自然就是秦震天之妻楊瑰寶了。據說她學的是家傳劍法，武功不亞於其夫。聽他們說法，秦震天竟是在茶棚命案後受到誅匪盟威脅，當日就帶人出發保鏢？金光鏢局在金州算是勢力龐大，地方幫派都不敢招惹他們，毛耀宗有什麼實力威脅他當日就帶人出鏢？然則既說是威脅，自然是有把柄，只不知是何把柄？」

秦大嫂楊瑰寶說：「別管我擔不擔心了。大哥既然落了把柄在誅匪盟手中，此事絕不可能善罷甘休。我認爲我們不可坐以待斃。趁著毛耀宗不在，我們先去挑了誅匪盟。」

秦霸天道：「毛耀宗此行多半把高手都帶在身邊，不然，萬一大哥要反，他又怎麼壓得住他？此刻誅匪盟不會留下多少高手，要挑他們正是時候。三弟能查出他們巢穴所在，實在是大功一件。」

那三弟道：「挑得了便是功，要是弄得灰頭土臉，那就是過了。二哥打算何時行動？」

秦霸天道：「殺人放火，趁夜裡幹。挑二十個人，咱們這就出發。」

鄭瑤心道：「這些江湖人行事，真是不把王法放在眼裡。唉，從前我在玄日宗，還不是說打就打，說殺就殺，搞完了才找官府來處理善後？」耳中撥片突然一陣亂響，也不知在響些什麼。鄭瑤心道：「我都進來了，克勞搞什麼鬼？難道他出事了？」撥片亂響，影響偷聽，他一把抓下耳盒，收入懷裡。

楊瑰寶突然警覺：「噤聲！」

秦霸天和三弟同聲問：「什麼？」

「有動靜。」

鄭瑤佩服：「耳盒撥片微震都能讓她聽出，這女人內力修為不錯。咦？」他聽見屋頂有聲，當即抬頭。「原來不是聽見耳盒撥片聲，眞的有人來了。看來克勞吹哨是要警告我。」

房內屋頂塌陷，重物墜落。房中三人齊聲喝道：「什麼人？」隨即打鬥聲起。鄭瑤推開木窗，偷看房內景象，只見有個黑衣中年胖子出掌擊中另一個不識得的男子，由慘叫聲聽出那是鏢局老三。秦霸天和楊瑰寶沒有隨身佩帶刀劍，各自出掌攻向黑衣胖子。那胖子身法靈動，掌影翻飛，在兩人夾攻下絲毫不落下風。

秦霸天邊打邊道：「閣下何人？竟敢孤身夜闖金光鏢局，眞不把我們放眼裡？」

來人冷笑一聲，與秦霸天正面對掌，將他震退三步。「你們這群鼠輩，聚在一起說要夜襲本盟，還好意思說我？」

楊瑰寶捏起劍訣，以指作劍，攻勢凌厲。「卑鄙無恥的誅匪盟，究竟威脅我夫君去做什麼？」

「也沒什麼，就是當個苦力。」

楊瑰寶深吸口氣，蓄勢待發。黑衣胖子本欲搶攻，秦霸天突然撲上。胖子右掌反劈，刀氣霸道，秦霸天不敢硬接，矮身攻他下路。胖子要防楊瑰寶，意欲速戰速決，沉身扎馬，拚著右小腿挨上一掌也硬是要一掌擊倒對手。秦霸天見己方已有一人倒地，不欲跟胖子硬拼，心想這是自己地盤，只待撐上片刻，自然有人來援。他便顧不得狼狽，著地一撲，滾向一旁，避開胖子掌擊。

楊瑰寶嬌叱一聲，雙手連指，點向胖子上身五大穴位。胖子反掌劈空，趁勢翻身，掌刀劈中楊瑰寶右臂。楊瑰寶大叫，右臂低垂，再也舉不起來。

黑衣胖子笑道：「金光鏢局，不過如此。」

秦霸天翻到楊瑰寶身旁，起身叫道：「來人啊！有刺客！」

胖子道：「刺客來啦！」雙掌齊出，攻向兩人。秦霸天運起內勁，奮力接掌。楊瑰寶右臂無力，只能揚起左手，勉力接招。鄭瑤見情勢不對，當即破窗而入，擠開楊瑰寶，與秦霸天合力跟胖子對掌。

胖子勁分左右，本擬楊瑰寶受傷力弱，發在左掌中的勁力也就稍弱。此刻突然冒出個黑衣人接己左掌，右掌秦霸天又已對上，一時難以調節力道。其實論眞實功夫，鄭瑤尚不是胖子對手，此刻出其不意，竟讓鄭瑤擊退兩步。

鄭瑤功夫不到家，自知之明還是有的。適才觀戰，加上一掌對過，他已經知道對方功力深厚，更勝於己。儘管逼退對方，他也不乘勝追擊，反而雙手背在身後，一副氣定神閒的模樣，問道：「閣下可是誅匪盟朱明虎？」

胖子側頭看他，摸不清他的來歷，也不知他虛實，說道：「我就是朱明虎。瞧你一身黑衣，也是夜探鏢局之人，何必無緣無故幫手他們？」

鄭瑤道：「我夜探鏢局自有我的理由，愛幫誰，你管得著嗎？」他伸手入衣襟，取出衙門腰牌，亮牌道：「金州府衙捕頭，今日特來拿你！」

朱明虎神色一凜，隨即冷笑：「我道是誰呢，原來你就是投身金州衙門的那個玄日宗棄徒鄭瑤呀！我聽說楚正邦廣招武林高手，就是為了要對付咱們誅匪盟。你這就算是武林高手？我看是打著玄日宗名號騙吃騙喝吧？」

鄭瑤上前一步，微微笑道：「是不是騙吃騙喝，還請朱先生指教。」

朱明虎聽見腳步聲響，心知鏢局援軍已至。他夜探鏢局，乃是為了殺人滅口，避免官府得知誅匪盟涉案。事關大鏢頭秦震天過往隱私，鏢局不會張揚其事，肯定只有幾個首領人物知情。他原打算潛入鏢局，一個一個偷偷殺了，想不到鏢局首領人物深夜齊聚議事，還說查出誅匪盟巢穴，即刻就要出發夜襲。朱明虎自認武功高強，決議跳下房內，速戰速決，沒想到半路殺出了個玄日宗弟子兼衙門捕頭。鄭瑤功夫如何，他不知虛實，但玄日宗名頭太大，他可不敢小覷對方。倘若當眞動手卻沒殺了他，等於一舉得罪金州府衙和玄日宗。他誅匪盟並非大門大派，這兩年甚至堪稱過街老鼠，得罪太多人，對他們絕無好處。

朱明虎一拱手：「既然鄭捕頭要爲金光鏢局出頭，今日之事就此作罷。在下少陪了。」說完身形拔起，在屋梁上輕輕一點，從來時瓦洞離開。

秦霸天吼道：「什麼就此作罷？你完我還沒完呢！」見他當眞跑了，忙轉向鄭瑤：「鄭捕頭，你就讓他跑了？怎麼不追呢？」

鄭瑤道：「我打不過他，追上了沒好處。」

秦霸天問：「怎麼打不過？你不是震退他了？」

「是我們兩個一起震退他的。況且他還未盡全力。」他轉向楊瑰寶，道：「先看看秦大嫂跟三當家傷得如何。」

楊瑰寶右臂骨折，三當家昏迷不醒，兩人皆無大礙，卻也無力再戰。秦霸天說：「鄭捕頭，衙門捉拿誅匪盟許久，今日我們查到他們巢穴，要除他們，就趁現在。遲了，他們就跑了！」

鄭瑤尚未說話，楊瑰寶已道：「鄭捕頭夜探鏢局，所爲何來？」

鄭瑤先前便在想著該如何交代。他本想說看見朱明虎鬼鬼祟祟，是以跟蹤他，但那無法解釋自己一身黑衣。他想此案走丟了小孩，又有鏢頭遭挾，倘若誤了時機，說不定又會枉送人命，於是據實以告：「你們講話不盡不實，我是來偷聽內情的。內情尚未聽全，倒是阻了刺客。」

秦霸天大聲道：「阻止刺客不算，得把他們連根拔起。我這就去召集人馬，遲了他們就跑了。鄭捕頭，請你回衙門帶人剿匪。」

鄭瑤說：「誅匪盟是要剿的，但你們也得給我把來龍去脈交代清楚。倘若再有隱瞞，別怪我帶回衙門，嚴刑伺候！」

秦霸天面有難色，楊瑰寶卻說：「罷了，我會向捕頭交代。二弟，你去準備剿匪。」

鏢局跌打師傅進門幫楊瑰寶接骨，鄭瑤則出門喚來曾克勞，吩咐他帶捕快協同金光鏢局進攻誅匪盟。回到適才房間，楊瑰寶尚在療傷，鄭瑤要她詳細說清。

楊瑰寶遣走跌打師傅，說道：「昨日……」一想此刻已過子時，改口道：「前日聽說茶棚命案，謠傳鏢局僱用獵戶走鏢之事，我們立刻懷疑是陳三所為，加派人手搜尋他的下落。沒過多久，有人羽箭傳信，正中鏢局大門，鄭捕頭請看。」她拿出一張縐巴巴的信紙，顯是之前捆綁在箭身上。鄭瑤將信攤平，讀道：「秦震天，欲知陳三何在，即刻前往寶來號布莊，不許帶人。」他放下信，問道：「沒頭沒尾，大當家就去了？」

楊瑰寶點頭：「我夫君藝高膽大，不擔心陷阱，只想盡快找出陳三，以免危及鏢局商譽。我不放心，派了兩個伙計換裝跟去，他們都讓人打昏在布莊外。」

「這信是毛耀宗寫的？」

「是。」楊瑰寶點頭。「一個時辰後，夫君回到鏢局，立刻打點裝備，挑了六名精壯鏢師隨行出鏢。毛耀宗特別交代，要帶身強體壯、武功低微的壯丁。他也擔心我夫君跟鏢頭聯手造反。」

鄭瑤問：「出什麼鏢？要上哪兒去？」

「都沒說。」楊瑰寶道。「夫君說見到他車上都是挖掘工具，看來不像保鏢，似是挖寶。」

鄭瑤皺眉：「挖寶？有這麼多寶好挖嗎？」

楊瑰寶說：「當初黃巢洗劫天下，殺人八百萬，血流三千里，眾多手下搜刮了不少金銀珠寶。其後朱溫反叛，黃巢的大齊軍退出長安後，傳言許多齊將把帶不走的財寶擇地掩埋，留待日後挖掘。誅匪盟追殺黃巢餘孽，往往也在追查這些寶物的下落。」

鄭瑤問：「誅匪盟如此囂張，難道從來沒有遭遇過浪蕩軍嗎？」

黃巢之姪黃皓於黃巢死後率領七千殘部繼續作亂，自稱浪蕩軍，乃是黃巢餘孽中最強大的勢力。四年前浪蕩軍在湖南遭伏，勢力瓦解，黃皓生死不明。但想浪蕩軍流竄十餘年間，總該與打明旗號獵殺黃巢餘孽的誅匪盟交過手。

楊瑰寶說：「浪蕩軍瓦解前，黃皓曾揚言要抓毛耀宗去車裂，毛耀宗也說要把黃皓凌遲。雙方零星衝突數次，始終不曾正面交鋒。黃皓失蹤後，據說毛耀宗一直在尋找他的下落。江湖盛傳黃皓早就死了，只有毛耀宗深信他尚在人間。兩年前誅匪盟式微，江湖中再也沒人提起黃皓這個人。其實浪蕩軍瓦解，黃皓大勢已去，是死是活也沒有多大分別。」

鄭瑤問：「夫人對誅匪盟了解甚深？」

楊瑰寶嘆氣：「鄭捕頭早就猜到了，又何必明知故問？毛耀宗能威脅我夫君，自然是因爲我夫君曾在黃巢手下辦事。」

鄭瑤說：「楚大人下令勦滅誅匪盟，等於公開表明不再查辦黃巢殘部。除非毛耀宗手裡握有難以忽略的鐵證，不然秦大鏢頭根本不必怕他。」

楊瑰寶遲疑，問道：「兩年前清孽案，鄭捕頭尚未到任，不知你對此事有何看法？」

鄭瑤說：「我投身公門之前，一直是玄日宗弟子。對於誅匪清孽什麼的，我的看法與玄日宗一致，就是黃巢之亂早在二十年前便已結束。做人若不懂得向前看，日子會很難過。」

楊瑰寶點點頭，說道：「黃皓率領浪蕩軍作亂，始終不能成事，一直以來都在嘗試聯絡舊部，圖謀振興。七年前，他查到我夫君在金州開設鏢局，事業有成，曾修書幾封，要我夫君加盟浪蕩軍，合作推翻唐室。我夫君斷然拒絕，黃皓卻鍥而不捨，每隔半年就送信再問一次。我們收到的信件，夫君自然盡數銷毀；然則夫君的回信卻不知如何落入毛耀宗手中。單方面的書信，要怎麼解讀都行，只要他疏通得宜，要給我夫君坐實謀反罪名也是輕而易舉之事。」

「以此威脅，倒也棘手。」鄭瑤想了想，突然問：「夫人說黃皓每隔半年便再問一次，敢問他問到何時？」

楊瑰寶深吸口氣，說道：「他最後一次來信是三年前。」

鄭瑤揚眉：「那是湖南遭伏之後的事了。就是說黃皓還活著？」

楊瑰寶道：「可能他後來死了，也可能他終於承認大勢已去，隱姓埋名，不再圖謀。此人給我們鏢局添的麻煩已經夠多了，我只盼他從此消失。」

鄭瑤問：「大當家受脅出鏢，你們定有派人跟蹤？」

楊瑰寶點頭：「我們派了金州最好的追鏢手林起跟蹤，出城至今尚未回報。」鏢局倘若丟鏢，會派追鏢手去追查鏢物下落，量力奪回，以減少鏢局損失。金光鏢局名頭大，少丟鏢，沒有常駐追鏢手，這個林起是他們另外僱用的高手。

鄭瑤說：「啊，我聽說過『追風俠』林起。據說他輕功卓絕，風中追風，是金州境內數一數二的武林高人。有他幫貴鏢局追蹤大當家的下落，自當萬無一失。」

「但願如此。我夫君臨走前交代，務必先行剷除誅匪盟留守的部眾，然後再去找他。他擔心鏢局傾巢而出，根基不固，反而讓誅匪盟挑了。」

鄭瑤點頭：「夫人不必擔心。誅匪盟向來都在衙門通緝名單上，今日朱明虎行凶傷人，也是我親眼所見。只要三當家查到的確實是誅匪盟巢穴，咱們定會將他們一網打盡。」他說著站起身來。「但是衙門辦事，可不能胡亂殺人。請夫人交代貴鏢局的人，聽從衙門號令，盡量活捉他們。」

楊瑰寶說：「我們要追查毛耀宗下落，不會亂來的。」

「請夫人好好休息。」

□

鄭瑤來到鏢局前院，秦霸天已集合二十來名鏢師，準備出發。鄭瑤向秦霸天借了匹馬，一行人便往城東誅匪盟落腳處趕去。沒走多久，遠處有人發射飛火，照亮天際。秦霸天說：「八成是朱明虎放出信號，警告誅匪盟的人逃命。要是讓他們全跑光了，那可糟糕。」鄭瑤道：「快丑時了，會有幾個人醒著看信號？總之咱們盡快趕去便是。」

秦霸天看鄭瑤盯著飛火射出的方向看，問道：「鄭捕頭想去捉拿朱明虎？」

鄭瑤心下盤算，反問：「二當家覺得憑你我二人，拿得住他嗎？」

秦霸天搖頭：「不知道。你們兩個功夫都比我高，匆匆交手，我也看不出虛實。」

鄭瑤與他對看。「還是去抓落腳處的伙計，有把握多了。」

「就怕尋常伙計不知道內情。」

「希望朱明虎有義氣，趕回去幫忙。」

快到誅匪盟落腳處時，有衙門捕快趕來，將鄭瑤等人迎到衙門的人在街頭等待處。曾克勞指揮十名衙門捕快匆匆趕到鄭瑤面前，往前一指，說道：「頭兒，根據金光鏢局的說法，誅匪盟的人躲在那戶民宅中。我們人手不足，難以包圍，只有在附近街道放哨。適才西面有人燃放飛火，民宅中出現動靜，但目前尚未有人離開。」

「有多少人？」

「那民宅也沒多大，猜測不到十人。」

鄭瑤翻身下馬，說道：「衙門負責前門，鏢局守住後門。二當家，同我一起去敲門。」

安排底定後，鄭瑤同秦霸天直接走到民宅門口，大力敲門：「開門、開門！衙門辦案！快來開門！」

屋內燈火通明，人影晃動，但卻無人應門。

鄭瑤揮揮手，六名捕快迎了上來，分站屋門左右。鄭瑤提腳正要踹門，門內有人叫道：「你們不要亂來，我們有人質！」

鄭瑤心裡一驚，揮手要捕快退下。他說：「什麼人質？」

「人質就是人質，還什麼人質？」

鄭瑤向秦霸天使個眼色，往上一比。秦霸天會意點頭，轉到屋角，奔跑踏步，輕巧上房。

鄭瑤說：「誅匪盟的人聽著，金州府衙已經包圍你們。我本想活捉各位，放條生路，既然你們要挾持人質，休怪我手下無情。想活命的，趁早放人！」

「放屁！你有種就衝進來！看我把人殺了，你擔得起嗎？」

「什麼人質，口說無憑，開門讓我看看！」

「你把門口官兵撤到巷口去，我就開門讓你進來看！」

鄭瑤抬頭看向屋頂。秦霸天已偷偷揭開瓦片打量屋內情況。他眉頭深鎖，朝鄭瑤比五根手指，表示屋內共有五人，跟著兩手一攤，意指沒看見人質。

鄭瑤心想對方多半是在虛言恫嚇，但又難以肯定。他問：「你說人質是誰？給我報上名來！」

裡面的人說：「你們不是在找獵戶石淵之子，叫作石謙的嗎？」

鄭瑤問：「石謙在你們手中？」他抬頭朝秦霸天使眼色。秦霸天往屋後掩去，查看其他房間。

「想要石謙活命，撤走你的手下！」

鄭瑤大聲下令：「你們通通退到巷口去。聽我號令行動。」

眾捕快齊聲道：「得令！」當即退去。

待得捕快退至巷口，秦霸天已回到屋頂前緣，朝鄭瑤比手畫腳：「後面還有兩人，沒有人質。」

鄭瑤道：「人都撤走了，快開門。」

屋門開啓一條縫，有個獐頭鼠目的矮子探出頭來，左顧右盼，確認門外只有鄭瑤一人後，他拉開門，說道：「進來！」

鄭瑤進屋，矮子立刻關門。外廳中連矮子共五名男子，全都手持鋼刀，惡狠狠地瞪著鄭瑤。鄭瑤四下打量，並無人質蹤影，問道：「人質呢？」

矮子大笑：「抓了你，就是人質！」說完抽刀往鄭瑤脖子架去。

鄭瑤腦袋微側，左手出指掐住刀身。那矮子本來只想箝制他，出刀沒有使勁。見刀身被掐，立刻扭轉刀柄，企圖逼退鄭瑤，想不到那把刀定在原位，紋風不動。矮子心驚，喝道：「高手！動手啦！」

屋內眾人連忙出刀，同時往鄭瑤身上招呼。鄭瑤左手使勁，連人帶刀把矮子拉到身前擋刀。那矮子只覺身體一輕，整個人不由自主被刀拖走，嚇得立刻放開刀柄。鄭瑤反握鋼刀，以刀柄架開兩把刀，側身移步避開另兩把。民房外廳本就不大，擠了六名男子，還耍大刀，形勢異常凶險。鄭瑤刀交右手，握住刀柄，使開玄日宗開天刀法，朝四面八方狂亂出刀。誅匪盟的人武功不高，但在斗室之中，就算不會武功的人拿刀亂砍，也可能有開膛剖肚之禍。鄭瑤耍了幾招狂刀，激起刀光，逼退眾人，隨即看準其中一名面現怯意之人，出刀劃他手腕。那人慘叫一聲，手腕噴血，鋼刀脫手。其餘四人正待撲上，屋頂突傳嘩啦巨響，秦霸天挾帶瓦片墜落廳中。鄭瑤趁著眾人吃驚，出刀砍傷一人。秦霸天拔出佩刀，加入混戰。

曾克勞帶鏢局的人踢爛後門闖入，剛剛撤離巷口的捕快也衝了回來。沒過多久，誅匪盟的人盡數遭擒，四人受傷，無人死亡。躲在後堂的兩人，其中一人手腳有傷，躺在大門板上，另外一人在其身旁照料。

朱明虎沒有現身。

曾克勞綁好匪徒，來到鄭瑤面前，見他身上有三條刀痕，忙問：「頭兒，你中刀了？」

「沒傷到。割破衣衫罷了。」

「那就好。」曾克勞鬆口氣，回報：「後堂的傷匪手腳都有刀傷，右腳斷了腳筋，無法移動。他們不肯丟下夥伴逃命，這才拖到時間，被我們包圍。」

鄭瑤說：「喔，原來是群講義氣的匪徒。」

剛才的矮子手臂綁在身後，坐在地上罵道：「你才是匪徒！你們衙門都是匪徒！我們誅匪盟懲奸除惡，為民喉舌！都是你們這些腐敗官差在包庇惡人！」

鄭瑤踢正翻倒的板凳，走過去單手提起矮子，放在板凳上，站在他面前問道：「你們懲奸除惡？南山獵戶、漁田村民、茶棚掌櫃又是什麼奸惡之輩？讓你們冷血屠殺？」

矮子道：「那不是我們……幹的。」

「支支吾吾，還想狡辯。不是你們又是誰？」

「是……」

「石謙小小孩童，有何罪過？你們竟然抓他為質？」

「不是！我們沒抓他！那是騙你的！」

「騙我？」鄭瑤神色凶狠，冷冷道：「你最好老老實實從頭招來，倘若能救得石謙，我或許會在楚大人面前幫你們說話。要是石謙死了……哼。」

矮子氣勢一餒，垂頭喪氣，說道：「茶棚命案真的不關我們的事，只是……那動手之人……唉……」

鄭瑤問：「茶棚命案是誰幹的？」

矮子說：「他……叫徐七，是一年半前加盟我們的。他武功好，辦事牢靠，從不質疑命令，很快就獲得盟主信賴，成為本盟第四把交椅。想不到他別有居心，竟然幹出這等事情……」

「他殘殺無辜，是何居心？」

「誰知道？」矮子說：「說不定他生性殘暴，愛好殺人。」

鄭瑤道：「你別胡亂猜測，把事情的始末給我說清楚了！」

誅匪盟僱用陳三私下接鏢一事，從頭到尾都是徐七負責。原本他們約好當天早上在西城門口集合出發，但徐七和陳三都在前一日便找不到人。誅匪盟一早在西城門口等不到人，知道不妙，卻沒想到事情會鬧那麼大。得知茶棚命案的死者就是他們僱用的人，而案發現場還出現彎弩弩矢後，毛耀宗立刻知道下手的人不是徐七就是陳三。雖然對方意圖不明，但多半是針對自己而來。於是他當機立斷，決定兵分兩路，他與葛春秋脅迫秦震天，找齊人馬，出發進行原定計畫。朱明虎則和剩下的人手留在金州，一方面找出徐陳二人，一方面剷除一切後患。

矮子等人第一日午後便已散入城南樹林搜尋徐七、陳三及石謙。後堂受傷之人名叫柳泉，當日搜林時在林中迷失了方向，一路走到天黑，已身處城西樹林。他在林中聽見有人說話，依稀便是徐七。天黑林密，他慢慢朝聲音處摸去，始終聽不清對方在說些什麼，直到最後有個老婦人的聲音道：「有人！」。柳泉心知自己不是徐七對手，既然被人發現，他拔腿就跑。可惜沒跑幾步就被砍倒在地，撞到頭顱，昏了過去。直到第二天，才讓夥伴找到，救了回來。

鄭瑤命人抬過柳泉，問他：「你說有聽見老婦人的聲音？沒瞧見人嗎？」

柳泉傷重痛楚，喘息道：「天黑……林密，我什麼……都沒看見。」

「石謙呢？」

「沒有。也沒……聽見有……小孩。」

鄭瑤見他四肢包裹白布，不僅直在滲血，頭上還腫了個大包，吩咐左右：「趕快把他運回衙門，找王大夫來給他療傷。」他問矮子：「你們在哪裡找到柳泉？」

矮子道：「城西漢泉山腳下。」

「跑那麼遠？」

「迷路嘛。」

鄭瑤吩咐曾克勞：「派人通知楊捕頭，往城西漢泉山搜去。山腰有間天行觀，觀主雲華道長也是武林一脈，跟他打聽打聽，或許會有收穫。」他轉回矮子，問道：「你們盟主去哪兒了？」

矮子說：「不知道。」

鄭瑤不信：「你們買車僱人，浩浩蕩蕩要出門遠行，卻跟我說不知道他去哪裡？」

矮子道：「盟主此行是為了挖寶。去哪裡挖，卻沒對我們透露。」

鄭瑤問：「你們經常挖寶嗎？」

矮子說：「二十年下來，也挖過好幾次。那些黃巢餘孽當年搜刮了多少財寶，流亡之後，或是死了，或是不敢拿出來用，總之世上從此多了無數藏寶圖。咱們誅匪，總得花錢，是以盟主除了追查餘孽，也會追查他們的寶藏。」

秦霸天冷言冷語：「說得眞好聽，好像你們不靠這個發財一樣。」

鄭瑤問：「挖過多大的寶藏？」

矮子神色得意：「當年孫儒那筆，足有黃金萬兩！那寶窟光是看著都讓人覺得不虛此行呀。」

秦霸天哼了聲道：「你們日子過得倒是寬裕。」

矮子道：「當年誅匪盟人多勢大，不挖這些寶藏怎麼撐得下去？」

「是呀，好日子過完啦！」

鄭瑤搖頭道：「孫儒當年的土團白條軍有好幾萬人，只因不懂形勢、不善權謀，即便受封淮南節度使，還要跟楊行密爭奪不休，最後終究以匪名收場。他手下馬殷手段就高明多了，搶了武安軍，好好幹他的節度使，如今誰敢說他是黃巢餘孽？」

矮子嘆道：「可不是嗎？說起節度使，誰又威風得過宣武朱全忠呢？他當年還不是黃巢的手下？」

「你好意思說？」鄭瑤道。「你們誅匪盟就是欺善怕惡，只敢打落水狗。不然，朱全忠、馬殷之輩，也不見你們多說一句。」

矮子慚愧，低頭不語。

鄭瑤說：「孫儒的寶藏，你們都是親自去挖的。這次挖寶，爲何要假手外人？」

矮子遲疑，說道：「盟主沒說，多半是因人手不足。誅匪盟就剩這麼幾個人，這兩年又遭官府通緝，盟主說，挖完這批寶藏，大家下半輩子不愁吃穿，可以解散了。」

秦霸天說：「把你們關進牢裡，也是不愁吃穿！」

鄭瑤搖頭：「挖完了解散，毛耀宗帶你們去挖，也就是了。有什麼理由鋌而走險，定要威脅秦震天帶六個鏢師同去？挖寶這種事，總是越少人知道越好，何以非帶外人不可？」

矮子說：「我不知道。」

鄭瑤與秦霸天對看一眼，緩緩說道：「你們早就打定主意，挖完寶藏要殺人滅口，是吧？」

矮子冒大汗，忙道：「我不知道，眞不知道。就算是，也都是盟主的主意！」

「撇得一乾二淨，有這麼好的事嗎？說！毛耀宗人呢？」

「我眞的不知道呀！」

「這次是誰的寶藏？這麼厲害，挖完了就能拆夥？」

「我們都不知道！盟主讓金州府衙通緝兩年，始終不肯離開金州，就是爲了調查這批寶藏下落。」矮子說。「此事牽扯到武林高手，一直都是朱三爺和徐七在辦的。咱們幾個在金州只是打雜，什麼都不知道呀！」

「你到底知道什麼？」

「我知道……知道……」矮子想破腦袋，靈光一現：「那獵戶石淵，是盟主指名要找的人！其他……其他獵戶，也都是徐七開出名單，指名道姓，讓陳三去僱用。我不知道徐七跟他們有何恩怨，但徐七要殺他們，只怕是早有預謀！」

鄭瑤側頭看他，沉思不語。他一直想不透茶棚命案死者之間的關聯，甚至擔心他們眞的毫無關聯，只是倒楣遇上了個以殺人爲樂的狂人。此刻得知凶手早有預謀，並非胡亂殺人，倒讓他心中鬆了口氣。他盯了矮子片刻，說道：「我要找徐七。」

矮子說：「我們也在找他。他這一年間都跟我們住在一起，但他在城內熟門熟路，應當是金州本地人。至於徐七這名字，自是化名。」

鄭瑤嘆氣：「我要找朱明虎。」

矮子說：「朱三爺放了飛火，通知我們逃命，他不會再回來了。我們在金州並無其他落腳處，他多半會出城去找盟主。你想找他們，得先找出徐七。」

□

鄭瑤要曾克勞把誅匪盟的人押回衙門，秦霸天也帶人回鏢局了。曾克勞安排完畢，見鄭瑤還坐在民宅裡，上前問道：「頭兒，我們要押人回去了，你不一起走嗎？好歹也休息一下。」

鄭瑤說：「自我加入公門，老是忙著俗務，功夫都荒廢了。你說今天我打不過朱明虎也就算了，連對付五個拿刀的嘍囉都差點掛彩，這也太沒面子。再怎麼說，我也是金州府衙頭號戰將，是吧？」

「這……」

「這裡安靜，正好打坐練氣。明日一早，咱們在漢泉山天行觀碰頭。」

曾克勞帶人回衙門，鄭瑤關上屋門，盤腿坐下，開始練功。他的轉勁訣練到第三層，尚在培元養勁，但內力已有火候。本來如果一直待在玄日宗，依照師父的教導每日練功，此刻多半已練到第四層，足列武林高手之林。但他離開師門，加入公門，每日辦案奔波，沒多少時間練功。加上衙門捕快人人讚他武功高強，個個把他捧上了天，一年來遭遇的又都是毛賊，辦案無往不利，搞得他也懶得練功。直到三個月前跟著莊森辦案，遇上如鬼似魅的小妖怪燕珍珍，他才感到自己的不足，再度起心苦練功夫。但那燕珍珍的武功畢竟太強，憑他不多練個十年是追不上的。況且她的武功已經讓莊森廢了，只要別讓她逮到機會吸人精血，她也不過就是個普通小孩。所以他練了幾天又開始發懶，想說工作忙碌，隔幾天再練半個時辰也就算了。

今日遇上朱明虎，總算堅定了他練功的決心。畢竟，此人的功夫只比他強上一些，倘若鄭瑤沒有荒廢武學，今日根本也不必怕他。「平常叫你練功不練功，現在知道了吧？」他自嘲兩句，盤腿坐下，靜心練氣。

練了小半時辰，內勁在四肢百骸間圓轉數周，通體舒暢，心靜神明，思緒開始拿師門武功跟當前案件做起比對。那彎弩奇妙，畢竟使用困難，準頭難以拿捏，不如運用巧勁，投擲轉彎暗器方便。他師父劉大光提過，轉勁訣的暗勁運用得宜，能夠偏移筆直射出的弓箭。那是仰賴內勁去改變原本猛烈的箭勢，需深厚內力才能辦到，但若他只是要讓手投的暗器轉彎，或許只需轉勁訣的圓轉技巧……

「咚、咚、咚」有人敲門。

鄭瑤閉眼練功，屋內燭火早滅。此刻尚未黎明，天色異常黑暗，鄭瑤睜開雙眼，一時之間什麼也瞧不見。他望向門口，適應黑暗，問道：「誰呀？」

門外有人問道：「是鄭捕頭嗎？」

鄭瑤聽得耳熟，便說：「原來是朱三爺。」

朱明虎輕笑：「鄭捕頭好耳力，這樣都聽得出來。」

鄭瑤說：「朱三爺深夜造訪，是來投案的嗎？」

朱明虎說：「不是，我只是回家。鄭捕頭霸佔我家，還要我投案。哎呀，要不是我有心向鄭捕頭賠罪，這回兒只怕早就打起來啦。」

「賠罪？」

「適才在金光鏢局，在下出言不遜，望捕頭莫怪。」

鄭瑤道：「不怪。打架放狠話，乃人之常情。」他站起身來，深吸口氣，勁運雙臂，嚴陣以待。

「既然鄭捕頭不怪，我可要開門了。」

房門砰的一聲脫框而出，直衝鄭瑤。鄭瑤兩手平舉，向外一分，將門板拆成兩半，丟到地上。

朱明虎雙手扠腰，站在門外。天上無光，夜色陰暗，他身影模糊，若隱若現。他說：「鄭捕頭孤身留下，可是在等我？」

鄭瑤搖頭：「近日查案繁忙，沒時間休息。我懶得回衙門交差，就在這裡睡了。」

朱明虎點頭：「我剛剛在門外，聽到鄭捕頭呼吸長短不一，深淺無序，隱約又有脈絡可循，似乎是在修習內功。」

鄭瑤信口開河：「本門內功睡覺時也可以練。」

朱明虎道：「果然厲害。我聽說玄日宗的轉勁訣奇妙無比，能夠以小搏大，以弱搏強。不知以鄭捕頭的修為，能否彌補你我間功力的差距呢？」

鄭瑤說：「這不試試看怎麼知道？」

朱明虎大笑：「自負是玄日宗高手的通病，看來鄭捕頭自認高手？」

鄭瑤並非高手，也知道自己不是朱明虎對手，但他相信朱明虎不是為了取他性命而來。畢竟，誅匪盟的名聲已經不好，倘若殺了官差，落個作亂造反的名聲，再要說捉拿黃匪可就完全失去立場了。他說：「我不是高手，但要對付朱三爺，也不需要真正的高手。」

朱明虎冷笑：「你就這麼看不起我朱某？」

鄭瑤說：「朱三爺的天刀一掌乃獨門功夫，極為好認。你要殺人滅口，就不該用這種會洩露身分的功夫呀。陳三是你殺的，沒錯吧？」

朱明虎哼了一聲：「難得鄭捕頭年紀輕輕，竟然認得天刀一掌？」

鄭瑤說：「喔，原來你以為師門被滅，就沒人認得你的功夫？笨啊！」

朱明虎大怒：「你！」

鄭瑤怕他發難，身形微微向後，結果卻讓朱明虎瞧出來了。他說：「哈！我以為鄭捕頭自命不凡，有恃無恐，原來你還是會怕。」

鄭瑤不想承認自己會怕，轉移話題：「你來找我，究竟有什麼事？」

朱明虎道：「我們盟主惜材，想找鄭捕頭合作。」

鄭瑤瞪大眼睛：「貴盟的生意已經日落西山，天底下殘存的黃匪都不是你們動得了的。我聽說你們要拆夥了，還找我合作什麼？」

朱明虎說：「不是找鄭捕頭殺黃匪的。我們想找鄭捕頭合作，去挖一筆大寶藏。」

鄭瑤眼睛瞪得宛如銅鈴，問道：「我還正想問呢，你們挖寶就挖寶，找這麼多外人幹嘛？可別跟我說是寶藏太多，要分給大家花花。」

朱明虎說：「要找外人，當然是有用得著外人的地方了。」

鄭瑤看著他：「秦鏢頭他們是受威脅而去的，你們完事後定會殺人滅口。再找我這個外人去，有可能分錢給我嗎？」

朱明虎笑道：「我們要借用鄭捕頭的長才，又不是找你去當苦力。我們會付錢的。」

鄭瑤說：「說清楚，什麼寶藏這麼勞師動眾？」

「這是天大的祕密，要等鄭捕頭點頭才能說的。」

「付我多少錢，總得給個底？」

「財寶總數十分之一。」

鄭瑤想了想，又問：「毛盟主人在哪裡？」

「這也是要捕頭加盟方能告知之事。」

「茲事體大，我得考慮。」

朱明虎搖頭：「不成。此刻你打不過我，才有得談。要是放你回去，帶齊人馬，我可吃不了兜著走。想發財，現在就跟我走。」

鄭瑤搖頭：「我做事有始有終。茶棚命案還有個小孩下落不明，找到他前我是不會收手的。除非朱三爺知道他的下落？」

朱明虎道：「十歲小孩，失蹤兩日，多半已經死了。」

「活見人，死見屍。」

朱明虎說：「那就有緣再見了。」

「朱明虎！」鄭瑤大聲道。「你殺害陳三，我定會捉拿你歸案。」

「捉啊。」朱明虎兩手一攤。「有本事就捉了我去，沒本事趁早閉嘴。」

鄭瑤閉嘴，默默看他離開。他拾起兩塊門板，靠在門上，坐回屋角繼續練功。想起適才的窩囊，登感心浮氣躁，難以練氣。他把桌椅搬到牆邊，清出一塊空地，開始練習拳腳外功，直到天明。

第六章 救小孩

石謙又發燒了。朦朧間，他看見父親宛如高舉菜刀衝向死亡的迫切神情，在床邊對他大吼大叫。他聽不見父親的聲音，看不清對方的容顏，但依稀知道對方在叫他快逃！

「逃！謙兒！再不逃就沒命了！」

石謙大叫驚醒，但卻難以起身。他渾身無力，似乎比第一次在石室中醒來時更爲虛弱。他嘗試撐起身體，右肩傷口痛得他涔涔冒汗，尖聲怪叫。

菜刀婆婆聞聲而來，開門進屋，關懷之情形於色。「謙兒，痛得厲害嗎？」

石謙問：「婆婆，我怎麼了？不是……不是快好了嗎？」

婆婆道：「你傷口發炎潰爛，毒性壓抑不住。」說著拔出菜刀。「不怕，婆婆幫你切除腐肉，痛一下就沒事了。」

石謙大驚，問道：「妳要切我的肉？」

婆婆說：「非切不可。倘若無效，整條手臂都得砍下來。」

「不要啊！婆婆！」

「這是救命，不是兒戲。你別動，」婆婆解開傷口布條。「別讓我切壞了。」

「婆婆，我不敢了！我再也不敢了！」

婆婆刀身貼在他手臂上，刀口對著傷口腐肉。「說什麼傻話？不敢什麼呢？」

「都不敢了！我會乖！妳不要割我！」

「啊，原來你也知道你不乖呀？」婆婆笑道。「不乖的孩子要受罰，這是天經地義的事呀。」

石謙大哭：「婆婆！婆婆！我會乖！我會乖！」

「你太頑皮，不處罰是學不乖的。」婆婆說。

「我不會再拿剪刀玩了！我會乖乖待在屋裡，不再想要出去了！」

婆婆笑嘻嘻看著他，說道：「你以爲這是爲了剪刀的事？婆婆沒那麼小心眼。況且我也不擔心。從前那些孩子都沒跑走過，你也跑不了的。」

石謙毛骨悚然：「妳……究竟爲什麼要這樣對我？」

「因爲你是壞孩子呀。」婆婆說。「年紀輕輕，滿手血腥。要是放你出去，死的人可多了。」

「妳說什麼？婆婆！不要！」

婆婆說：「你傷口中的是蝕骨化髓膏，這腐肉不切，你會死的。」

「妳不是說不知道我中什麼毒嗎？」

「我騙你的。」

菜刀婆婆一刀切落，石謙放聲慘叫。

□

天亮後，鄭瑤先回衙門一趟，確認關押人犯事宜，並向楚大人回報案情，隨即出城，上漢泉山。來到天行觀時，衙門捕快已在觀中設立據點，展開搜山。鄭瑤跟帶隊的楊小龍捕頭交代案情，詢問狀況。

楊小龍說：「我們分三個方向搜山，正午前可以概略搜過一遍。倘若沒有發現，唉……弟兄們搜了兩日，大家都很累了。」

鄭瑤嘆氣：「今日若再找不到，只怕……」

曾克勞跑過來：「頭兒，雲華道長聽說我們在找小孩，他有線索！」

鄭瑤和楊小龍立刻圍起雲華。雲華道長說：「兩年前有樵夫在涼心谷外挖到一具小孩枯骨。當時我們詢問附近住家，無人知情，就幫他做了法事，擇地埋了。」

鄭瑤問：「有報官嗎？」

雲華道長說：「貧道沒報。不知有沒有人報。大亂過後，屍橫遍野，在山裡挖出枯骨並非大不了的事。只不過那具枯骨附近並無其他骸骨，倒是有點突兀。亂世之中，父母跟小孩的屍首往往不會分隔太遠。」

鄭瑤問楊小龍：「搜過涼心谷了嗎？」

楊小龍說：「涼心谷口土石崩落，難以入谷，我讓弟兄先搜其他地方。」

「召一隊人馬過去。」鄭瑤轉向雲華。「道長，涼心谷中住了什麼人？」

「涼心谷地勢險惡，風強氣冷，不利人居。據貧道所知，就只有名老婦人獨居其中。此人深居簡出，鮮少與人交往，貧道亦不知其姓名。她出入都會在腰間佩掛一把菜刀，山裡的人就稱她為『菜刀婆婆』。」

「菜刀婆婆？」曾克勞說。「哇，你們山裡還住了這種人呀？」

鄭瑤問：「這婆婆可會武？」

「貧道不知。」

「可有人與她熟識？」

雲華道長細細回想：「本觀每年舉辦下元齋會，漢泉山的居民會來祭祀用齋。菜刀婆婆不是每年都來，但也來過幾次。她每次來都獨祭獨食，貧道從未見她與人交談。」

他皺眉：「如今想想，她身手矯健，不像那麼大年紀的人，多半是會武的。」

曾克勞問：「頭兒，把她抓起來問問？」

楊小龍說：「挖到一具枯骨，就把獨居老人抓起來問……這證據是否薄弱了些？」

「誅匪盟的人說在山裡聽見徐七跟個老婦人交談……」鄭瑤說：「無論如何，總要上門打聽。漢泉山的住家，咱們挨家挨戶都問，這樣不會有人說閒話。走吧，咱們往涼心谷去。」

一行人走到道觀門口，門外有捕快帶了個中年人快步走來。捕快說：「兩位頭兒，這位張老闆說有事稟報。」

曾克勞識得對方，在鄭瑤耳邊說：「這位是東明巷張記雜貨舖的老闆，他常跟城外的散戶做生意。」

鄭瑤問：「張老闆有什麼事？」

張老闆說：「是。我是想跟捕頭回報一聲，前兩日大雨沖塌了涼心谷口，如今巨石擋道，難以出入。既然衙門這麼多人在，是否能順便幫忙清路？我得給住在谷裡的人送貨呢。」

鄭瑤問：「張老闆認識菜刀婆婆？」

「認識呀。」張老闆說。「我每半個月都會送點時蔬雜貨過去，跟她交易皮貨。菜刀婆婆刀工一流，她整治過的獸皮可好賣了。」

「她姓啥名誰？」

張老闆一愣：「叫她菜刀婆婆就是了，山裡的人都這麼叫她。」

「我要知道她的名字。」

張老闆面有難色：「鄭捕頭，你也是在江湖上混過的人，人家老了歸隱山林，就是不想再過問從前之事，你又何必硬要知道呢？」

鄭瑤說：「茶棚七屍命案，你聽說過吧？」

張老闆一凜：「全城的人都在談論，我自然聽過。」

鄭瑤道：「我們懷疑失蹤的孩童落在菜刀婆婆手上，請張老闆合作。」

張老闆大驚失色：「這……怎麼……會呢？」

鄭瑤比個手勢，拉著張老闆一起往涼心谷走去。他給張老闆時間思考，然後問道：「事關孩童性命，張老闆若知道些什麼，還請告知。」

張老闆嘆氣說道：「菜刀婆婆本名蕭元鳳，是沙陀猛將符笑天之妻。當年隨李克用一起東進攻打黃巢。黃巢亂平後，朱全忠為了削減李克用的勢力，買通了十歲小廝，在符笑天飲食中下毒。符笑天身亡，蕭元鳳懇請李克用為夫君報仇，但李克用卻不願花費心思追捕一個小廝。蕭元鳳一怒之下離開河東軍，獨自追殺仇人。報……報仇之後，她便來此隱居，過著與世無爭的日子。」

所有人停下腳步看他。鄭瑤一時說不出話，過了好一會兒才說：「所以菜刀婆婆是個……殺小孩的人？」

「她……她是為夫報仇。」張老闆說，語氣不太肯定。「我……我曾見她跟附近小孩說話，我既然知道她的過去，當然會留意這種事。她對那些孩子都很和藹，會給他們……蜜餞果乾吃。」

楊小龍問：「這幾年漢泉山可有孩童走失之事？」

雲華道長搖頭。

鄭瑤說：「漢泉山人家不多，她不會對附近的人下手。就連石謙，也是在城南走失的。」

曾克勞說：「我想到去年絮柳莊大火，燒死了十幾個人，而那柳莊主的小兒子始終下落不明。頭兒還記得嗎？當時我們都懷疑是那孩子縱的火。」

「經你這麼一說……」楊小龍說。「三年前保祥號的小少爺打死僕人案，那小子後來就失蹤了。我們一直懷疑是他爹把他藏起來……」

張老闆搖頭道：「你們不能把所有孩童失蹤案都賴到她頭上呀！」

雲華道長說：「張老闆，那些不光是失蹤孩童，還是做過壞事的失蹤孩童。」

「你是說……」

「多猜無益。」鄭瑤說。「先去找她，再作道理。」

一行人趕到涼心谷，只見已有十餘名捕快在谷口搬運石塊。鄭瑤打量形勢，估計起碼要一日後才能清空谷口。他說：「救人性命，刻不容緩。咱們爬過去。」

曾克勞看著眼前石堆：「頭兒，這不好爬呀，一個沒留神就會摔倒。」

鄭瑤自捕快手中接過繩索，捆在肩上，探頭觀察石堆，估算落腳處。他後退幾步，助跑起跳，運起輕身功夫，手腳並用爬上石堆。石堆頂有顆巨石，無處借力。鄭瑤趁著衝勢，提起內功，宛如大鵬展翅般筆直拔起一丈有餘，輕輕巧巧落在巨石上。所有人齊聲喝采，都說鄭捕頭好俊的輕功。

鄭瑤轉身朝下一拱手，說了聲：「獻醜，慚愧。」開始在附近找地方綁繩索。他三個月前見識過大師伯在筆直峭壁前直上直下的功夫，知道自己的身手不過就是三腳貓罷了，但他三腳貓的功夫在這班人面前依然高明。他綁好繩索，拋落下去，讓眾人爬上來。有帶繩索的捕快上來後立刻架設入谷用的繩索，片刻過後，眾人爬下巨石，進入涼心谷。

張老闆帶領眾人朝菜刀婆婆家走去。鄭瑤壓低音量，問他：「菜刀婆婆的武功偏哪一路？」

張老闆說：「他們家祖上從屠宰牲口的刨解之法中悟出刀法，擅使寬面屠刀，能輕易斷筋解骨。為免引人注目，她捨屠刀不用，改佩菜刀。我是沒見過她與人動手，但她宰殺牲口又快又準，倘若動起手來，最好不要近身。」

鄭瑤吩咐下去，眾捕快心裡發毛。

鄭瑤問：「張老闆也是武林中人？」

張老闆笑道：「不是。我只是好交朋友、好打聽，武功是沒練過，但是紙上談兵，總也懂點門道。」

菜刀婆婆家是間木屋，貼山壁而建。屋外曬了好幾張獸皮，多半是野兔、獐子，其中也有張狼皮。鄭瑤讓眾人伏在一片矮林間，觀察木屋，問道：「她家你進去過嗎？」

張老闆搖頭：「貨都送到門外。偶爾喝茶閒聊什麼的，也都是搬桌椅在外面坐。」

鄭瑤盯著木屋旁岩壁接地處平貼的幾塊木板，問道：「爲何在山壁上釘木板？」

曾克勞說：「有地窖？」

楊小龍說：「也可能她木屋本來就貼著山洞而建。」

鄭瑤想了想，說道：「楊兄，弟兄交給你指揮。我隨張老闆前去敲門。」

楊小龍分派人手。雲華道長問：「貧道既然來了，也想出一份力。」鄭瑤問：「道長師承天師道？」雲華道長點頭。鄭瑤說：「那就請道長一起來。」

三人走到木屋門口。張老闆上前敲門。

□

菜刀婆婆割了石謙幾兩腐肉，痛得他當場暈去。不知昏迷多久，他隱約感覺有人在餵他喝水。他口乾舌燥，咕嚕咕嚕喝了幾大口，慢慢睜開雙眼，看見菜刀婆婆拿著水杯坐在床邊。

「謙兒，你醒啦？」菜刀婆婆說。「可痛著你了。」

菜刀婆婆一說，石謙立刻手痛。他偏頭一看，只見自己右手上臂血肉模糊，向外伸開，攤在小桌上。手腕纏了圈皮帶，將手固定。他出力掙扎，卻發現自己四肢都被綁在床上。他心慌問道：「婆婆爲何綁我？」

菜刀婆婆不答，端起桌上粥碗，舀了一湯匙粥放嘴前吹涼，說道：「來，謙兒，趁熱喝粥。」

石謙害怕：「婆婆，妳說什麼我都做。我會乖乖聽話！求求妳！」

婆婆說：「聽話就把粥喝了。」說著湯匙送到石謙嘴前。石謙張嘴吃了。菜刀婆婆輕笑，邊吹粥邊道：「割你的肉，聽你慘叫，我心裡不知道有多開心呢。來，再吃。」

石謙顫抖道：「婆婆開心，我……我也開心。腐肉割完了，婆婆何以綁著我呢？」

婆婆嘆口氣說：「唉，謙兒，你毒入骨髓，這條手臂是保不住了。等你吃完粥，婆婆幫你砍手臂。」

石謙「噗」一聲，嘴裡的粥全噴出來。他哭道：「婆婆，我們無冤無仇，妳爲何如此對我？」

「懲罰壞孩子，是婆婆的興趣呀！」

石謙哭哭啼啼，食不下嚥。菜刀婆婆也不催他，只將湯匙放在嘴邊，等他開口。過了一會兒，石謙呼吸稍順，說道：「婆婆，我……父母雙亡，妳就不能饒我一命嗎？」

「父母雙亡，眞是可憐呀……」婆婆把湯匙塞入石謙嘴裡。「告訴我，你爹是怎麼死的？」

「是……」石謙嚥下粥。「是被壞人殺死的。」

「小小年紀，就會騙人呀。」婆婆放下粥碗，「唰」的一聲拔起菜刀。

「沒有！婆婆！我沒騙妳！」石謙嚇得發抖。「那壞人放箭殺了好多人！妳一定要信我呀！」

菜刀婆婆用菜刀在石謙右臂上下比劃。「你老是騙人，我爲何信你？」

石謙看著明晃晃的菜刀，顫聲道：「我……不敢騙婆婆。」

婆婆獰笑：「那你老實說了，你爹怎麼死的？」

「是……」石謙氣喘吁吁，閉上雙眼，哭道：「爹是我害死的！」

婆婆用刀面拍他臉頰，笑道：「怎麼說是你害死的呢？」

「我……認得殺他的人……是……我們同山的獵人徐伯伯。」石謙說。「他……他一家人……還有廖家，兩年前清孽時被人告發……說是黃匪，讓漁田村裡的人……還有南山獵戶……私刑處死，只有他一個人逃走。是……是我告發他的！」

婆婆問：「你告發他，可有證據？」

石謙吼道：「我娘讓黃匪抓了，我要我爹去救她，但那姓徐的一直阻止我爹！妳說，他若不是黃匪，爲什麼要這麼做？」

婆婆說：「所以你就信口開河，毫無證據誣賴他？」

「我沒有誣賴他。」

婆婆嘆氣：「那位徐伯伯也曾行走江湖，久經閱歷。他知道綁走你娘的人有多少能耐，也知道你爹去救他無異自殺。他不讓你爹去，是在救他。想不到救你爹一命，換來的卻是他一家老小讓人私刑處決，死無葬身之地。你說，這個仇，他報不報？你小小年紀，單憑一張嘴，害死鄰居十三條人命，你說，你是不是凶殘惡毒的壞小子？」

「他是黃匪！他是黃匪！」

「他是一家老小被個惡毒小子害死的可憐人。」

石謙躺在床上，看著床頂，有氣無力，不敢面對現實。「他是黃匪……他一定是黃匪……」

「你害死這麼多人，卻又毫無悔意。你爹等七條人命，一併算在你頭上也不為過呀。」

「不是我……他是壞人，我不是……」

菜刀婆婆一菜刀剁在桌上，在石謙右掌旁微微顫動，將失魂落魄的石謙拉回現實。她說：「加加減減二十條人命，婆婆砍你一條手臂，不算過分吧？」

石謙又怕起來：「妳砍我一條手臂，我還能活嗎？」

婆婆笑著說：「可以的。婆婆照顧你，每天餵你吃粥。」

「吃幾天？」

菜刀婆婆微愕：「幾天？」

石謙問：「我來這裡才三天，妳就要砍我手臂。婆婆的粥，我能吃上幾天？」

菜刀婆婆大笑：「好孩子，眞聰明。婆婆是老實人，向來有問必答。既然你都問了……之前在婆婆這裡住過的孩子呀，最長也就是住了半年。」

石謙深吸口氣，大聲吼道：「救命呀！殺人啦！」

婆婆說：「哈哈！你就算喊破喉嚨……」

遠處傳來動靜，菜刀婆婆大驚，立刻出手點了石謙穴道，阻他吼叫。她凝神細聽，聽見有敲門聲，皺眉道：「定是張老闆來了。你乖乖的，婆婆回來再幫你砍手。」

菜刀婆婆端著粥碗步出石室，閂上房門，走過洞穴，推開暗門回到木屋之中。來人再度敲門，這回伴隨張老闆的聲音：「符夫人，請開門，我是老張啊。」

菜刀婆婆放下粥碗，走到門前說道：「來啦。老張眞行，谷口那麼大塊巨石，你一早上就清理掉了？」打開門一看，當場愣住。門外除了張老闆，還有一個官差，一個道士。道士也還罷了，這種時候見到官差，著實讓她吃了一驚。她就著屋門掩飾，握住腰間刀柄，問道：「老張，你怎麼帶了人來？」

張老闆笑道：「是呀。我看到谷口落石坍方，就去找人來幫忙。妳見過天行觀的雲華道長，這位是鄭瑤鄭捕頭。衙門正好在山裡搜尋失蹤孩童，我就請他們來幫忙挖落石啦。」

菜刀婆婆放開菜刀，拉開房門，站在門口說道：「老身獨居谷中，惹了各位麻煩，實在過意不去。前兩日聽說有孩童在城南失蹤，怎麼搜到咱們這裡來了？」

鄭瑤說：「是呀。衙門查到有人在漢泉山腳下見過那孩子，所以跑來搜山。孩子失蹤已經三日，要再找不到，只怕凶多吉少。不知符夫人這幾日可有在谷中見過生人？」

菜刀婆婆搖頭：「沒有。涼心谷本就人跡罕至，這兩天谷口又封住了，我什麼人都沒見到。」

鄭瑤說：「山腰的居民說兩日前見過陌生孩童往涼心谷來，符夫人沒見到？」

菜刀婆婆側頭看他，心下犯疑。石謙是她放在車上、蓋了乾草推回來的，絕不可能有谷中居民看見他入谷。這個官差信口開河，難道已經發現石謙在此？她搖頭否認：

「沒有。我這沒小孩。」

鄭瑤說：「符夫人，是這樣，我們急著找孩子，主要是因爲茶棚七屍命案的凶手在追殺那個孩子。倘若那孩子在涼心谷附近出現，只怕凶手隨後就會趕來。爲求安全，我想進夫人屋裡瞧瞧。」

菜刀婆婆皺眉：「我家裡有沒有個凶手，難道我看不出來嗎？」

雲華道長說：「他不一定藏在妳家裡，但他如果來過，鄭捕頭會看出端倪。夫人，此人殺人不眨眼，妳也不希望他在涼心谷附近逗留，是吧？就讓咱們進去瞧瞧吧？」

菜刀婆婆看看面前三人。張老闆不會武功，雲華道長攜帶一把拂塵，鄭瑤則有佩劍。自己的刨解刀法適合短打，斗室之中動手有利。張老闆說他們在附近搜尋石謙，表示四周還有其他官差，若在室外動手，天知道會引來多少人。她點了點頭，開門道：「請進。」

三人進屋之後，鄭瑤和雲華道長立刻開始搜屋。張老闆站在門口，陪菜刀婆婆說話。菜刀婆婆埋怨道：「老張，你帶著外人來搜我家，是懷疑我囚禁小孩嗎？」

張老闆陪笑道：「鄭捕頭也是爲了夫人的安危著想。」

菜刀婆婆說：「我在金州沒朋友，就只跟你聊過往事。張老闆，你就這樣對我？」

張老闆道：「妳在金州沒朋友，這些事，妳不跟我說，又跟誰說去？我既然知道妳仇視小孩，這附近又有孩童失蹤，是人都會想來妳這裡看看的。」

「所以你眞的懷疑我？」菜刀婆婆手握刀柄。「我只希望不是妳幹的。」

張老闆斜眼看她的手，呑口口水。

鄭瑤和雲華道長來到菜刀婆婆身後，兩人目光都停留在她握刀的手上。鄭瑤說：「符夫人，妳家看來沒有外人到訪過的跡象。」

菜刀婆婆冷冷說道：「鄭捕頭沒搜到小孩嗎？」

鄭瑤說：「符夫人說笑了。我們是來搜壞人，不是來搜小孩的。」

菜刀婆婆轉身瞪他：「那壞人搜到沒有？」

鄭瑤與她互瞪，各自在彼此眼中找答案。雲華道長甩甩拂塵，打圓場道：「沒搜到、沒搜到。這裡沒壞人，鄭捕頭，咱們出去吧？」

鄭瑤同雲華道長走到門口，盯著菜刀婆婆，擋在張老闆面前。菜刀婆婆退到牆邊，端起一碗水默默喝了一口。她放下水碗，回頭看向三人。「怎麼還不走？」

鄭瑤問：「敢問符夫人獨居此間，一鍋粥爲何備有兩副碗杓？」

菜刀婆婆比向牆角一個牌位：「我舀給我亡夫吃，不行嗎？」

鄭瑤道：「夫妻情深，令人感動。」說完卻不出門。

四人冷冷對看，緊張肅殺。

菜刀婆婆說：「你們沒搜到人，卻賴著不走。衙門都是這樣辦事的嗎？」

鄭瑤說：「別急，快搜到了。」

菜刀婆婆一愣，登時知道鄭瑤是在牽制自己，讓外面的官差搜查山壁。她在山洞石室中挖開通風窗口，用木板封死，並在其外堆積木柴，避免外人發現。只是十幾年來，除了張老闆外，根本沒有外人入谷，是以她木柴也沒堆多高，此刻多半已讓官差發現。

菜刀婆婆哼了一聲，拔出菜刀。「你就是新來的那個玄日宗捕頭？」

鄭瑤連忙拔劍：「正是。」

「去死。」

菜刀婆婆一刀砍斷牆上繩索。天花板上落下一張大網，還伴隨好幾把沉重菜刀。雲華道長甩出拂塵捲住大網，向旁扯開。鄭瑤轉了個大劍圈，擊落所有菜刀。

菜刀婆婆閃入牆上暗門，回頭又斬繩索，落下大石擋住暗門，阻隔追兵。她衝過洞穴，正要拉門開石室門，那門突然被人撞開。菜刀婆婆不等看清來人，一刀橫劈而出。撞門的捕快大喝半聲，喉嚨噴血，聲音當場啞了。菜刀婆婆側身閃過捕快，竄入石室，一看那窗戶木板給人拆開，室內已經多了三名捕快，其中一人抱起石謙，往窗口跑去。那窗口甚小，只容一人進出，此刻尚有捕快鑽入。菜刀婆婆迎向第一名捕快，對準對方右臂一刀砍出。捕快連撤帶退，伸手要去拔劍，卻不知為何居然沒能閃過婆婆的菜刀，就聽見嘩啦一聲，捕快右臂齊肘而斷，劍也跟著落地。

捕快張嘴慘叫，菜刀婆婆竄過他身邊，順手砍了他喉嚨。她來到抱著石謙的捕快身後，大喝：「把人放下！」菜刀轉得宛如光圈般朝對方背心劈去。另一名捕快拔劍在手，刺向菜刀婆婆。婆婆眼角閃過劍光，心知不妙，菜刀反轉，嚓的一聲劃斷捕快的劍。捕快大驚，但收勢不住，撲到菜刀婆婆身前。菜刀婆婆菜刀上揚，割斷他肩膀韌帶，轉刀之間把他胳臂給卸了下來。

抱石謙的捕快把石謙推向窗口，要交給窗外的人，卻雙臂一涼，筋脈斷裂，手臂無力，把石謙摔到地上。菜刀婆婆搶到石謙身前，朝捕快揮刀。那捕快雙手低垂，無力抵抗，拚命後退，左手給削下一片肉來。

窗外有捕快朝石室內放箭。菜刀婆婆聽見破風聲起，大感不妙，連忙著地撲倒，躲過快箭。在窗外連環放箭掩護之下，瞬間又跳進了兩名官差，其中一人是捕頭，不是剛剛的鄭捕頭。從他持劍姿勢來看，是個有點造詣的練劍之人。菜刀婆婆提起床頭小桌，斬斷桌腳，提在手裡當盾牌抵擋羽箭。

話說菜刀婆婆關上暗門，鄭瑤等人立刻衝到牆邊，奮力推牆。突然牆面傳來悶響，伴隨一陣晃動，接著他們怎麼推牆都文風不動。雲華道長說：「既是暗門，定有機關。有人看見她動手嗎？」

張老闆抓住釘在牆上的木燭台，用力往下拉扯：「她剛剛是拉這個開門的，但現在拉不動了。」

鄭瑤說：「她定是從對面鎖住了，找找其他開門的機關。」

牆後隱約傳來叫聲，跟著屋外有人破口大罵。鄭瑤又推幾下牆壁，毫無動靜，說道：「沒時間找了，我們出去。」三人離開木屋，望見眾捕快擠在山壁旁一個小洞前。洞外原先的木板都給拆下。鄭瑤搶先奔去，看見曾克勞蹲在地上，拉弓搭箭，瞄準洞內。鄭瑤喊道：「克勞，報！」

曾克勞回報：「頭兒，那婆娘好厲害，我們已經折損四個弟兄，楊捕頭跟王歡還在跟她打，石謙摔在地上，救不上來。我……」

鄭瑤眼明手快，右手疾出，握住射到曾克勞眼前的羽箭。顯然是菜刀婆婆撿他的箭丟回來的。曾克勞大驚失色，往後摔倒。

鄭瑤把箭反轉，投擲回去。趁菜刀婆婆擋箭，輕巧滾入窗口，落在石室中。這時楊小龍給逼退到他身邊，奮力抵擋菜刀。鄭瑤長劍一挺，刺向菜刀婆婆咽喉。菜刀婆婆一凜，輕輕後飄，落在石室對面。

楊小龍咚的一聲坐倒在地，渾身鮮血淋漓，傷痕處處。另一個捕快王歡躺在牆邊，同樣血肉模糊。這兩人武功較之前的捕快強，逼得菜刀婆婆施展出她刨解刀法中的刨字訣，把兩人身上都刨下了七、八片肉。兩人渾身劇痛，大量失血，能忍住不叫已經十分硬氣，一時之間再也站不起來。

鄭瑤環顧四周，小小的石室裡躺了六個捕快，外加石謙。牆上濺了許多鮮血，還黏了不少肉片，儼然是間血腥屠宰場。他聞到強烈的腥臭，不禁微微作噁，皺眉道：「符夫人，好凶殘的功夫。」

菜刀婆婆冷冷道：「你們這些官府的人，不識好歹，竟然想救這個小壞蛋。你們難道不知他是殺人不眨眼的魔頭嗎？」

雲華道長飄入窗口，站在鄭瑤身旁：「夫人愛說笑，他小小孩童，如何殺人？」

「靠嘴。」菜刀婆婆說。「最可怕就是靠嘴殺人。你不信，解了啞穴問他。」

鄭瑤大敵當前，不敢絲毫分心，朝雲華道長側了側頭。道長退到石謙身邊，解開他的穴道，石謙哇地哭出聲來。

「孩子……」

「我害死了我爹，」石謙哭道。「害死叔叔伯伯！我……我害死了他們，都是我害的！」

鄭瑤搖頭：「符夫人花言巧語，欺騙孩童，讓他以爲自己害死親爹。如此做法，是否歹毒了些？」

「你說我花言巧語？」

鄭瑤說：「我們已經查到茶棚命案是個名叫徐七的人幹的。」其實這只是推測，但鄭瑤只盼這麼說能讓石謙好過。

菜刀婆婆說：「你可知道徐七爺本是南山獵戶，兩年前被石謙誣告，舉報爲黃匪餘孽，連帶廖家一十三口人命通通讓茶棚案那些人給私刑處死了？」

鄭瑤目瞪口呆，說不出話來。雲華道長皺眉，輕聲問石謙：「這是眞的嗎？」石謙直哭，泣不成聲道：「是我害的，都是我害的……」

菜刀婆婆說：「你聽到了。石謙是壞孩子，小小年紀，殺人無數。容他活在世上，死的人可多了。」

鄭瑤說：「他壞不壞，自有官府制裁。夫人專殺小孩，我們官府可也得出手管管。」

「哈！哈哈！笑話！」菜刀婆婆往屋內一比。「你們官府盡是烏合之眾，想管婆婆的事？」

鄭瑤捏個劍訣，劍尖前指，問道：「徐七在哪裡？」

「你擒得了我，我就告訴你。」

「道長，帶石謙走。」說完朝菜刀婆婆攻去。

菜刀婆婆身法極快，側身閃劍，搶向雲華道長，意欲留下石謙。鄭瑤劍鋒一轉，使出旭日劍法中一招斜陽四射，封住菜刀婆婆去路。那斜陽四射並非同時劍出四方，而是配合手腕變化，自各種角度擇一出劍。菜刀婆婆明明已經避開鄭瑤的劍，眼前突然莫名其妙又多了一道劍光，彷彿對手手持雙劍，著實吃了一驚。她後傾折腰，在劍光削過鼻頭時斜劈菜刀。鄭瑤側身縮胸，劍勢偏斜，難以變招砍她，只能趁勢疾旋，朝後躍起，落在菜刀婆婆面前，再度阻她搶石謙。

菜刀婆婆出刀如風，邊砍邊喊：「走開！放下我的謙兒！」

鄭瑤沉心靜氣，劍花點點，將菜刀婆婆的攻勢盡數擋下。菜刀婆婆武器沉重，每次刀劍相交都震得他手掌發麻。他嘗試運用轉勁訣化解對方的內勁，調和震動的力道。數招過後，他習慣菜刀的霸道，握劍不再顫抖，出招更加得心應手。

菜刀婆婆眼看雲華道長已將石謙推出窗外，心中著急，一味搶攻，好幾次險些中劍。她罵道：「姓鄭的，把謙兒還給我！」鄭瑤說：「妖婆！妳傷天害理，還不束手就擒？」

噹噹噹三下過後，兩人各退三步。菜刀婆婆冷冷瞪著鄭瑤，菜刀在右手掌心中反轉一圈，握住；再轉，握住；三轉，穩穩握住，明晃晃的刀身隱隱鳴鳴。她目光轉向送完小孩又跑去攙扶捕快的雲華道長，冷笑道：「瞎忙什麼？你們一個也別想離開涼心谷。」

鄭瑤說：「好大的口氣。妳這套殺豬刀法，打得過我玄門正功嗎？」

菜刀婆婆左手平舉身前，右手刀身平貼在左臂上，說道：「能殺豬就好。」她一步一步緩緩跨出，來到鄭瑤長劍前時突然發難。鄭瑤見她菜刀旋轉不休，每一刀都是平削而來，從奇妙的方位掠過皮膚，跟之前狂劈猛砍的路子截然不同，知道這就是她切人肉片的刀法。他摸不清楚對方刀勢，於是左閃右躲，暫避其鋒。好幾刀貼上他的肢體，劃下他的衣衫，都被他用轉勁訣偏斜刀勢，沒有眞的割傷他。他邊退邊想：「好險！好險！這刀法出刀方位奇特，還用刀光擾人心神，陡然遇上，任誰都會手忙腳亂。要不是我學的內功能夠借力化勁，此刻多半已經給她削了好幾片肉下來。如此閃避，不是辦法，得跟她搶攻。」

鄭瑤長劍挺起，尚未出劍，菜刀已經平貼劍刃，直逼而來。鄭瑤扭轉劍身，菜刀婆婆翻轉刀刃，放脫刀柄，左手接刀，劃向鄭瑤咽喉。鄭瑤知她只要手腕一轉，自己就是喉開頸破之禍，嚇得連忙運勁左手，使開朝陽神掌，將婆婆的菜刀震斜半吋。菜刀婆婆身形一矮，閃過鄭瑤，跟著足下輕點，竄向窗口。鄭瑤一把抓住她的腳踝，把她摔回地上。菜刀婆婆出刀逼他放手，在地上滾開兩圈，起身再戰。

兩人刀來劍往，大戰數十回合。雲華道長在室內奔走，連拖帶扛地將受傷捕快送到門外，以免遭受池魚之殃。石室清空，空間寬敞，鄭瑤出招不必顧忌，劍勢越來越快。菜刀婆婆仗著刀身沉重、刀法詭譎，一開始佔了上風，如今鄭瑤熟悉她的刀勢，收起恐懼之心，長劍揮灑，劍意縱橫，菜刀婆婆完全近不了身。眼看對手仗著兵器之力立於不敗之地，菜刀婆婆大喝一聲，勁灌右手，擲出菜刀。菜刀來得太快，鄭瑤閃避不及，橫劍擋刀，長劍盪向一旁。

菜刀婆婆如影隨形，欺身而上，一掌推向鄭瑤胸口。鄭瑤左掌反推，接下菜刀婆婆掌力，右手迴削而來，一劍砍斷菜刀婆婆手臂。

菜刀婆婆慘叫一聲，摔倒在地，難以置信看著右手斷臂，隨即出手點了手臂穴道，阻止失血。她甚爲悍勇，不肯認輸，連滾帶爬衝向落在地上的菜刀。雲華道長拂塵一甩，捲起菜刀。菜刀婆婆一把抓空，眼看今日有敗無勝，一口氣終於洩了。

鄭瑤劍尖抵住她咽喉，曾克勞翻入石室，拿枷鎖鎖了菜刀婆婆。鄭瑤收劍入鞘，調節呼吸，暗運內力，以免有人看出他四肢顫抖。此戰算得上是他這輩子遇上最凶險的一戰，幾次死裡逃生，根本都是運氣，事後回想，心有餘悸。他站在菜刀婆婆面前，低頭看她，居高臨下，說道：「好刀法，鄭某差點死在妳的手下。」

菜刀婆婆垂頭喪氣，只說：「玄日宗武功，名不虛傳。」

鄭瑤說：「妳說只要擒得了妳，就會說出徐七下落。」

「哼。」菜刀婆婆點頭：「他在他家裡。」

鄭瑤皺眉：「他家？」

「南山的老家。」菜刀婆婆說。「他說如果有官差找上門來，就把他的下落告訴你們。他說他大仇已報，可以死了。我說他只顧自己報仇，未免自私，他應該要想辦法懲奸除惡，避免其他無辜之人落到跟他家人一樣的下場。他說他會想想。」

「妳就是在幹這個？」鄭瑤問。「懲奸除惡，避免無辜之人落得跟妳夫君一樣下場？」

菜刀婆婆神色凶狠：「我知道在你眼中我是個濫殺無辜的魔頭，但我根本不在乎你怎麼看我。我殺的人都是罪有應得。他們死了，日後就不會再害人。」

鄭瑤說：「他們是小孩！」

「小孩不能殺？」菜刀婆婆聳肩：「那我下次養大了再殺。」

鄭瑤提起菜刀婆婆，拖到牆邊，丟出窗外。「帶回去。不要讓我再看到她。」

第七章　揪禍首

官府死了兩名捕快，四人重傷，加上帶了受傷的小孩，想要離開巨石擋道的涼心谷可比入谷時困難數倍。鄭瑤命人拆了菜刀婆婆家的門板，搜刮木材工具，搭建吊繩板架，好不容易把人都運出谷外。他們去城裡找來醫生，在天行觀先行醫治傷者，並僱用車輛運送屍首及犯人。

雲華道長吩咐開下素齋，請眾人用膳。眾捕快忙了大半天，早就餓了，各自端了碗筷，在道觀院中席地而坐。飯後，雲華請鄭瑤用茶。

雲華道長問：「鄭捕頭從前是在貴宗長安分舵嗎？」

鄭瑤說：「是。玄匪亂後，掌門更替，在下沒有回報，已經不是玄日宗弟子了。」

雲華道長說：「新掌門，新氣象。聽說梁掌門大刀闊斧，清洗門風，似鄭捕頭這等熱血男兒不正好留在師門，大展身手嗎？」

鄭瑤笑道：「公門之中好修行。在下幫著衙門辦案，也是大展身手。」

「說得是，說得是。」雲華道長說。「衙門中若是沒有鄭捕頭這等人才，今日也拿不下菜刀婆婆這種人物。只是公門飯不好吃，也賺不到幾個錢，一般武功練到鄭捕頭這等級數的人，往往不屑待在地方衙門辦案。從前大理寺裡是有一些高手，但如今大理寺也沒了。」

鄭瑤搖頭：「道長說笑了，我哪算得上是高手？」

「啊，年輕人懂得自謙，更是不易。」雲華道長敬茶一杯，又說：「鄭捕頭是習武的人才，但你年紀尚輕，師門中有好多絕學都沒有學全，就這麼離開玄日宗，是否可惜了些？」

「唉。」鄭瑤嘆氣。「不瞞道長，在下三個月前遇上一位師門長輩，他年紀也大我不了幾歲，那功夫眞是出神入化，難望項背。你說我是習武的人才？差得遠了，差得遠了。」

雲華道長說：「鄭捕頭是指玄日宗二代首徒莊森莊大俠吧？聽說他盡得師門眞傳，武功不下玄日宗一代高人，是武林中年輕一輩的佼佼者，你不用跟他去比。」

鄭瑤苦笑：「我只是說我一輩子也練不到那種程度。」

雲華道長說：「但你若留在師門，進境絕對不只如此。衙門事務繁忙，大概也沒多少時間練功吧？」

鄭瑤搖頭：「是我太懶，又太自傲。離開玄日宗將近一年，武功沒有半點長進。」

「恕貧道直言。」

「道長請說。」

「鄭捕頭在公門修行，造福百姓，貧道是佩服的。但這世道，是非公理往往是在比誰的拳頭大。今日你拿下菜刀婆婆，險象環生，已是極限。鄭捕頭執法至今，難道沒有力不從心之感嗎？」

鄭瑤深吸口氣，又長嘆一聲。「武林之中，臥虎藏龍，我抓不到的人可多了。」

「鄭捕頭有自知之明，貧道就寬心了。」雲華說。「我怕衙門的人把你捧上了天，你會以為自己無所不能。」

「臥虎藏龍，很容易遇到的。」鄭瑤感慨。「昨天我還遇上一個呢。誅匪盟的朱明虎。他瑯環刀法中有招天刀一掌，把人打得內外皆傷，看起來好厲害呀。」

雲華微笑：「瑯環派並非什麼大門派，瑯環刀法也不比貴宗開天刀巧妙。強弱之分，在於練的人修為深淺罷了。」

「道長教訓得是。」鄭瑤說。「但他內力遠勝於我，這可不是一時半刻能練得出來的。」

「那就慢慢練呀。」雲華說。「你玄日宗的內功十分玄妙，著重悟性，只要你每日習練，說不定哪天就悟道了。重點是要每日習練。」

「是。」鄭瑤下定決心。「我保證日後不會懶散，每天都練功。」

「辛苦鄭捕頭。」雲華道長道。「金州出了鄭捕頭，實乃百姓之福。」

眾捕快心中憤恨，趁鄭瑤與雲華談話，抓來菜刀婆婆一頓好打。鄭瑤發現時，菜刀婆婆已經奄奄一息，於是找來醫生隨車，親自押車回城。

醫生搖頭：「這老婆婆斷了手臂，又被捕快毆打，也不知活不活得過今晚。」

鄭瑤想說她罪有應得，但看菜刀婆婆那副慘樣，這話也說不出口。他說：「請先生盡力救治。」

他讓曾克勞去辦菜刀婆婆收監事宜，又派人找來林成，安頓石謙。向楚大人回報過後，天又快要黑了。他在椅子上癱坐片刻，叫來曾克勞，說：「走吧，咱們去南山找徐七。」

曾克勞疲倦不堪，問道：「頭兒，不能明天再去嗎？我今天嚇得厲害，想要歇歇。」

鄭瑤笑問：「你又沒受傷，嚇到什麼了？」

「怎麼不嚇呀？」曾克勞說。「要不是你一把抓住那支箭，這回兒我已經一命歸天了呀！」

鄭瑤說：「啊，原來我救了你一命？」

「這也不是第一次了。」曾克勞說。「不然，我怎麼會這麼死心塌地地幫你辦事呢？」

「你大可說聲謝謝得了。」

「大恩不言謝。」曾克勞說。「總之，我這條命是頭兒的了。」

鄭瑤站起身來，往外就走。「那就別抱怨，走吧。」

曾克勞跟上，邊走邊問：「要帶幾個弟兄？六個夠嗎？大家這幾天都累了……」

「我們兩個去就好了。」

曾克勞遲疑：「這樣好嗎？照誅匪盟的說法，徐七武功也不差呀。」

鄭瑤問：「你知道他家在哪兒？」

「不知。」

「那怎麼找？」

「去南虎居問。」

「南虎居聚集了那麼多人，咱們帶一隊官差上門，他們不會犯疑嗎？」鄭瑤問。

「要是讓他們發現我們是去找茶棚案凶手，還是個他們認識的人，難保不會有暴民想要私了。這事最好低調點來，咱們找陸大嫂一起去辦就是了。再說，菜刀婆婆說徐七大仇得報，一心求死，我想多半不假。我還要著落在他身上，找出毛耀宗的下落，想辦法救回秦震天，他要是死了，線索可就斷了。」

兩人帶了燈籠出城而去，上南山時，天色已黑，他們打起燈籠，直奔南虎居。南虎居門口點燈，門內也是燈火通明，不過裡面的人沒有上次來時多，多半是因爲石謙已經尋著，無須繼續搜山之故。曾克勞說：「看來我們多慮了，他們都回家啦。」

家丁通報後，將兩人迎入正廳。陸夫人候在廳中，一見鄭瑤進門，立刻盈盈拜倒，說道：「多謝鄭捕頭救回石謙。我們……我們都以爲沒希望了。我代表南山獵戶謝謝鄭捕頭！」

鄭瑤上前扶起陸夫人：「夫人不必多禮。辦案救人是我分內之事，夫人無須放在心上。」

陸夫人請鄭瑤和曾克勞坐下，吩咐下人沏茶，問道：「鄭捕頭來，是要通知我們找到石謙了嗎？」

「是，我不知道夫人聽說沒有，就想親自上門通知。」鄭瑤看看左右，問道：「夫人昨日說南虎居聚集了百來個人，今日散得倒快？」

夫人說：「他們大部分都還沒得到消息，尚在山裡找人。其他人出去通知他們了。」

「原來如此。」

「敢問鄭捕頭……」陸夫人盯著他看。「茶棚命案可有進展？」

鄭瑤確認左右無人，點了點頭，說道：「我們有線索，想請陸夫人陪同走一回。」

「去哪裡？」

「徐七家。」

「徐七？」

鄭瑤想起徐七是化名，便說：「兩年前清孽案中被私刑處決的獵戶徐家。」

陸夫人神色一變：「爲……爲什麼？」

「因爲……」鄭瑤皺眉：「夫人何以神色有異？」

陸夫人說：「徐家位於南風林深處，本來就很偏僻，兩年前滅……滅門後，大家心照不宣，盡量避開那裡。這幾日搜山，有人搜了過去，發現房舍整潔，連張蛛網都沒有，似是有人打掃。今日午後，我們尚未接到找到石謙的消息，就有十幾個人說要去徐家附近徹底搜查，他們到現在還沒回來呢。」

鄭瑤連忙起身：「事不宜遲，咱們快去！」

陸夫人跟著出門：「究竟怎麼回事？」

「邊走邊說。」

趕往徐家途中，鄭瑤把今日的發現說給陸夫人聽。在得知一切都是起源於石謙誣告徐家人後，陸夫人激動得哭了出來。「怎麼會這樣？怎麼會這樣？」

鄭瑤安慰她片刻，問道：「夫人說尊夫和石謙都對誅匪之事深惡痛絕，徐七爲何要殺他們？難道他們眞的有迫害徐廖兩家嗎？」

「當然沒有！」陸夫人搖頭。「當年先夫和石兄弟都極力反對大家動用私刑！是徐七弄錯了！一定是他弄錯了！」

「那其他人呢？」鄭瑤問。「茶棚案其他受害者呢？他們有動私刑嗎？」

陸夫人吞嚥口水，細細回想，臉色蒼白：「是……有……當初領頭的……的確是他們。王掌櫃雖無參與其事，但當初……徐仁義帶了兒子逃跑，村民搜山時，他有提供茶水，還……還說了不少閒言閒語。是以……是以……」她突然忍耐不住，哇的一聲大哭起來。

鄭曾二人手足無措，不知如何安慰，只能在她身旁不斷勸道：「夫人……節哀……不要這樣……」

陸夫人哭道：「我知道……我知道了……當時他們已經殺了廖家全家，徐家就只剩下徐仁義和他兒子逃走。先夫本來是不管此事的，但鄉親擔心……動用私刑之事走漏出去，會有更多人受害，於是苦苦逼他帶人……帶人去追……」

曾克勞說：「他帶人去滅口？」

陸夫人泣不成聲。

鄭瑤說：「尊夫在清孽案後鬱鬱寡歡，生不如死，就是這個原因？」

陸夫人深吸好幾口氣，終於再度開口：「先夫本想引開眾人追捕，讓徐家父子逃出生天，想不到陰錯陽差，還是發現了他們的蹤跡。最後徐家父子雙雙墜崖。我們只找到孩子的屍首，大家都以爲徐仁義是給狼拖走了。後來……楚大人下令嚴禁清孽，通緝誅匪盟，還說那幾個月裡發生的鬼事概不追究，通通歸罪在誅匪盟頭上。我們……我夫君自認害死徐家父子……再也沒過過一天快活日子……」

鄭瑤看曾克勞：「概不追究？」

曾克勞嘆：「當年暴民殺紅了眼，私刑處死的事情太多，根本無從追究起。楚大人若不大赦此事，歸罪禍首，金州城只怕到了今天還在亂著呢。」

鄭瑤搖頭：「眞慶幸我兩年前不在金州。」

「倘若茶棚案眞是徐仁義所爲……」陸夫人說。「是……我們欠他的。先夫知道是死在他手上……也會瞑目的。」

「其他鄉親會這麼想嗎？」鄭瑤問。

「我不知道。」陸夫人說。「死了這麼多人，他們報仇心切，或許……或許……」

「金光鏢局還有一眾鏢師扣在毛耀宗手上，徐七知道要上哪裡去找他們。」鄭瑤說。「望陸夫人能說服鄉親，不要傷害他才好。」

三人穿越樹林，來到山頭一塊空地，一看有十幾支火把圍著一間木屋。帶頭的鄉民正在叫囂：「姓徐的！你殺了人，不敢承認，是嗎？」「快滾出來受死！」「你以爲縮頭烏龜這麼好當嗎？」「殺人償命，天經地義！快滾出來！」「陸夫人來啦！」

五、六個人立刻圍了上來。陸夫人問：「怎麼回事？」有人說：「我們來徐家搜查石謙，發現屋裡住得有人，我們怕是壞人囚禁石謙，不敢輕舉妄動，是以在林間埋伏監視。想不到等到傍晚，有人出屋，竟然是徐仁義那個王八蛋！」「定是他對當年之事懷恨在心，這才犯下血案，囚禁石謙！」「我說我們放火燒屋，烤了那混蛋！」

曾克勞大怒：「你們是不把衙門捕快放在眼裡嗎？」

鄉民有人住口，有人卻沒會過意來，繼續說道：「捕爺，你不知道，這姓徐的是黃巢餘孽，當年不知道殺過多少人！他躲在咱們南山，也不知道打什麼壞心眼，兩年前要不是……」

陸夫人指著他鼻子道：「住口！」接著大聲喊道：「各位鄉親聽我說，石謙已經找到了。鄭捕頭來就是告知此事。他舅舅林成接了他去，安頓在城裡，一切安好。搜山已經結束，大家可以回家了！」

眾人先是愣了一愣，跟著有人說道：「找到石謙，自然甚好！但徐仁義又怎麼辦？」「茶棚七條命，事情可沒完！」「徐仁義，大丈夫敢做敢當，快點出來受死！」「既然石謙不在屋裡，咱們可以放心燒屋啦！」

曾克勞喊道：「你們口口聲聲說他殺人，可有證據？」

「這人失蹤兩年，一出命案就突然出現，不是他殺的，還會是誰？」「我操，這就算證據？」曾克勞大罵。「那還要王法幹什麼？」「他要不是做賊心虛，幹嘛躲著不出來？」

「咱們上次圍起他家，幹了什麼事？」陸夫人問。「你要是他，會出來嗎？」

鄉民道：「殺人償命，欠債還錢……」

「是呀，殺人償命。」陸夫人說。「今天是誰償誰的命？」

鄉民一愣：「陸大嫂，妳怎麼這麼問？」

陸夫人說：「徐仁義一家七口是誰殺的，難道不用償命嗎？」

「那不一樣！徐仁義是黃匪！人人得而誅之！」

「誰說他是黃匪？可有任何憑據？」陸夫人問。「咱們殺他家人，可是證據確鑿的事。」

「陸大嫂，妳到底是幫誰的？」「徐仁義殺了陸大哥，妳竟然還幫他說話？」「我看他們兩個一定有一腿！」「妳這水性楊花的賤人！爲了偷人，謀殺親夫！」

鄭瑤本想交給陸夫人勸說鄉民，此刻越聽越不像話，終於忍耐不住，運氣吼道：「南山獵戶盡是含血噴人之輩！隨口安人罪名，什麼證據都不用講的？」他的獅吼功沒練到家，不能藉音傷人，但總還能讓人耳膜一震，心下吃驚。「陸夫人的名節，也是讓你們隨便污衊的嗎？當年通報徐廖兩家是黃匪的人已經親口承認是信口誣賴，毫無證據，只因他對這兩家人懷恨在心。你們錯殺好人，還要一錯再錯嗎？」

鄉民道：「你才信口開河！誰親口承認了？你說，是誰呀？」

鄭瑤怒道：「告訴你們，讓你們再去動用私刑嗎？」

「你說不出來，就是扯謊！」「不要以為你是衙門的人，我們就會怕你！」「我們南山獵戶沒那麼好騙！」「殺人就是要償命！徐仁義快點出來！」「把這蕩婦拿下了，跟她姦夫一起塞去浸豬籠！」

鄭瑤將陸夫人拉到身後，怒道：「大膽刁民！要我把你們全部拿回衙門嗎？」鄉民有人抽刀在手，罵道：「我們這麼多人，你拿得住嗎？你身為官差，如此袒護殺人犯，究竟是何居心？」

「國有國法，家有家規！」鄭瑤指向木屋。「別說你們沒有證據，就算他真是殺人犯，我也要帶他回衙門判案，豈容你們私刑殺人？」

「笑話！你們衙門管得了多少事？國法？黃巢之後，大唐國還在嗎？三個月前宣武軍把當朝宰相都給殺了，天子連屁都不敢放一聲！你跟我講國法？」

鄭瑤怒問：「你要把話扯到哪裡去？」

「老子愛扯哪就扯哪！」鄉民也怒道。「媽的徐仁義殺了我弟，我要他償命！」

木屋門突然開啓，徐仁義走出屋外。所有人轉頭看去，突然間安靜下來。

徐仁義身材高壯，神色滄桑，勁裝短衫，獵戶打扮。他手無寸鐵，站在門外，自左而右，冷冷打量門外眾人。

鄭瑤側頭低聲問道：「他就是徐仁義？」陸夫人點頭。

適才吵得最凶的獵戶名叫郭一狼，拔刀指向徐仁義，喝問：「姓徐的！我弟弟、陸大哥、石二哥是不是你殺的？」

徐仁義昂首道：「是。」

郭一狼看向左右鄉親，又看看鄭瑤，一副早就說了是他的模樣。他回頭又問徐仁義：「你爲什麼濫殺無辜？」

徐仁義說：「因爲他們濫殺無辜。」

「你這殺人不眨眼的黃匪，好意思自稱無辜？」

徐仁義冷笑一聲，懶得回應。

鄭瑤對曾克勞說：「待會兒一亂，你跟陸夫人先走，回衙門帶人過來。」

郭一狼道：「你殺了人，還不逃走，躲在這裡，是何居心？是不把我們南山獵戶放在眼裡嗎？」

徐仁義說：「我原想大仇已報，生無可戀，回到自己家中等死便是。但剛剛聽各位在門外一鬧，眞是往事歷歷在目。我終於瞭解殺七個人，根本算不上是報仇，我該把你們通通殺光才是。」

郭一狼高舉大刀，往下一揮，吼道：「殺了他！」眾獵戶一擁而上。

鄭瑤看出徐仁義無心抵抗，說話挑釁，只爲求死。他提起輕功，搶在眾人之前趕到徐仁義身邊，出劍架開郭一狼大刀。他反手點了徐仁義穴道，矮身將他扛在肩上，閃過兩名獵戶攻擊，往旁邊樹林衝去。

眾獵戶隨後追趕，大叫：「官府袒護凶手，豈有此理！」「快追！」「把人放下！」「官逼民反啦！」

破風聲起，鄭瑤聽音辨位，出劍擊落羽箭。進入樹林後，樹木茂密，阻礙甚多，獵戶的箭就不足爲懼。他鬆了口氣，繼續奔行，只盼盡快甩開追兵。無奈徐仁義人高馬大，扛在肩上奔跑不易，在林中跑開百來丈，已經累得他氣喘吁吁。身後火光搖曳，想要甩開獵戶還不知要多久。

徐仁義在他背後問道：「我是殺人凶手，你爲何要救我？」

鄭瑤喘幾口氣，邊跑邊道：「我們已經從菜刀婆婆手中救出石謙，你們的恩怨，我都知道了。你不是黃匪，是石謙誣告你。」

「但茶棚七屍命案，確實是我幹的。」

「那我也不能把你丟給暴民不管。」鄭瑤說。「這些暴民無法無天。今日若能逃出生天，我要帶足人手，把他們全部抓了。」

「你抓他們，楚正邦還是會放他們。」徐仁義說。「楚大人處世穩重，喜歡息事寧人。此刻他人手不足，官位不穩，不會輕易挑起民怨的。若非如此，清孽案怎麼會只辦禍首誅匪盟，其他人既往不咎？當年南山獵戶殺我全家，官府卻說既往不咎，你說，他們眼中會有王法嗎？他們有什麼理由不殺了我？」

鄭瑤無言以對，片刻後才說：「我帶你回衙門，他們總不成來攻打衙門？」

「帶不回去的。」徐仁義道。「似他們這等愚民，天下多如牛毛，倘若全都要辦，再多牢房也關不下，楚大人只辦禍首，或許也不無道理。捕頭大人武功高強，為人正義，不知是否有心做件好事，為百姓出力？」

鄭瑤問：「你想剷除誅匪盟？」

徐仁義捧他道：「大人果真聰明，堪稱金州神捕。小人能遇上你，也是死前有幸。」

「別說什麼死不死的。」鄭瑤一腳踢中大樹幹，閃到一塊大石上。正想藏身其後，卻見遠處火光閃動，有人發現了他：「在這裡了！」鄭瑤無奈，只好繼續逃命。「誅匪盟挾持金光鏢局總鏢頭，我答應了他們要救他回來。你知道毛耀宗去了哪裡？」

徐仁義說：「他查到一批大寶藏的下落，但藏寶處接近不易，且有機關。他找外人挖寶，是為了當墊背替死鬼。」

鄭瑤想一想，問：「我有一事不明。」

「大人請問。」

「你為何要殺石淵？陸夫人說他沒有對你家人動用私刑，你總不會是為了他兒子之事遷怒於他吧？」

「養不教，父之過。殺他又有什麼錯？但我跟石淵有私交，本來是不想殺他的。」徐仁義說。「石淵是毛耀宗指定要找的人。既然他人都到了茶棚，我自然是一併殺了報仇，倘若心軟饒他，我的武功可不是他的對手。」

鄭瑤問：「毛耀宗爲何指名找他？」

「他說藏寶處有玄日宗弟子才能解開的機關，找他是因爲他懂玄日宗武功。」

鄭瑤聽說過本門有些機關會搭配轉勁訣製作，只有依靠轉勁訣的運勁法門方能推動。他搖頭：「那就是說有玄日宗的機關。你們到底要挖什麼寶藏？」

「黃巢寶藏。」

鄭瑤吃驚：「黃巢寶藏爲何會有玄日宗機關？」

「不得而知。」徐仁義道。「多半是這批寶藏曾經落入玄日宗手中，而他們換地方再埋過。」

「寶藏在哪裡？」

「答應我，剷除誅匪盟。」

鄭瑤斬釘截鐵：「我一定會盡力而爲。」

「在無道仙寨。」

鄭瑤心神一凜，一口氣接不上，差點把徐仁義摔在地上。「你去過無道仙寨？」

「沒。」徐仁義說。「聽說那地方不是武藝低微的人能去的。」

鄭瑤點頭：「從前師門規矩，三代弟子嚴禁孤身前往無道仙寨，要去，起碼要有二代弟子陪同才行。我也從來沒去過。」

無道仙寨乃是亂世遺留下的奇特產物。該寨位於山南道西境，距巴州不遠，盤據整座欲峰山，佔地廣大，推測起碼有五萬餘人居住其中。楊行密殺孫儒後，殘存的數千土團白條軍逃出淮南，一路對抗各方節度使追殺，最後逃到欲峰山。此山有峽谷天險，易守難攻，山南道節度使李繼密連同西川王建圍山數月，始終攻打不下。由於欲峰山位於山南、劍南兩道交界處，王建和李繼密都不願把兵力軍糧虛耗在已是強弩之末的土團白條軍上，於是他們與匪軍達成協議，劃欲峰山為不管地帶。只要匪軍不出欲峰山，節度使不會發兵攻打。

欲峰山為不管地帶之事迅速傳開，各州各道的亡命之徒紛紛趕來避禍，數年之間，山上的無道仙寨越蓋越大，變成一座無法無天、令人聞風色變的大山城。舉凡仇家追殺、躲避官府、黑市交易、撮合人才，都可以到無道仙寨碰碰運氣，反正官府不管。然則一旦進入無道仙寨，後果就得自負，因為官府不管。無道仙寨是個不論是非對錯，只比拳頭大小的地方。無力防身之人，入欲峰山只會成為待宰肥羊。

鄭瑤沉吟：「我身爲官差，去無道仙寨會被殺無赦的。」

「那裡本來就是個殺無赦的地方。」徐仁義說。「好了，追兵已經甩開，大人可以放我下來。」

鄭瑤回頭望去，只見數支火把朝西而行，追錯方向。他又走了幾步，找了棵茂密大樹。在樹後放下徐仁義，隨即大吃一驚：「你……你中箭了？」

徐仁義輕笑，嘴角滲血：「我死期已到，大人不必在意。敢問大人尊姓大名？」

「我叫鄭瑤。」

「原來是鄭捕頭，久仰大名。」徐仁義靠坐大樹，壓到背上箭身，忍不住叫了一聲。他說：「聽說鄭捕頭是玄日宗高手，有你出手，誅匪盟必滅。」

「不要道聽塗說，我不是高手。」鄭瑤搖頭道。他查看徐仁義背上箭傷，卻見他整個背都是漆黑的鮮血，後腦也是濕的。「你失血太多，只怕眞的沒救了。」

「我該死，不必救。」

鄭瑤幫他靠個舒服的姿勢，四下確認沒有獵戶追來，然後在他身前坐下。面對將死之人，他也不知該說些什麼，片刻後才問：「爲什麼把石謙交給菜刀婆婆？」

徐仁義本欲暈去，聽見這話又睜開雙眼。他吞嚥鮮血，說道：「我要他受盡折磨。他害死我全家，沒理由死得那麼輕鬆。」

鄭瑤盯著他看，期待他說的不是真的。

徐仁義嘆氣。「石謙雖是禍首，我畢竟……下不了手殺小孩。我刻意留線索指向涼心谷，之後石謙是死是活，我也不管那麼多了。聽說官府救出石謙，我……鬆了口氣。」

鄭瑤點了點頭，不再說話。

一刻過後，徐仁義拚著最後一口氣說道：「誅匪盟……害人無數，請鄭捕頭……主持正義。」說完氣絕身亡。

第八章　故人來

林深天黑，難以認路，鄭瑤又不放心把徐仁義的屍首丟在山裡，怕被鄉民整治，或被動物啃噬。他伴屍打坐，練功休息，天亮後才扛屍首下山。他在城門口借輛推車，把屍體運回衙門，送去殮房。接著他找來曾克勞，要他帶人去把獵戶郭一狼抓來。曾克勞說昨晚他趕回衙門調人，已將在場追殺徐仁義的獵戶通通抓回來關了。

「頭兒，楚大人問要關他們多久。」

鄭瑤說：「關半個月，再放回去。」

曾克勞為難：「楚大人的意思……關個三天，懲戒一下就算了。」

鄭瑤瞪他：「你跟他說我生氣了，起碼要關十天。」

「是，是。」曾克勞說。「不如……頭兒自己去跟大人說？」

鄭瑤噴了一聲：「你跟他說我生氣，他才會顧忌。我總不能面對面去跟他發脾氣吧？」

「好，好，我去說。」曾克勞又道：「石謙找回來，徐仁義又死了，茶棚七屍命案終於可以結案了。」

「無人可審，是得結案。」鄭瑤搗著腦袋，神色苦惱。「我有事要忙，你幫我寫結案公文。」

「又我寫？」

「我救了你一命嘛。」

「好，好，我寫。誰教我的名字就這麼『克』苦耐勞？」曾克勞認命。「頭兒又要去忙什麼？」

「救秦震天，滅誅匪盟。」

曾克勞眼睛一亮：「有線索？」

「線索是有，就是難辦。」他轉頭，壓低音量。「你對無道仙寨知道多少？」

曾克勞神色一變。「招惹不得。三年前有兩個大理寺司直路過咱們衙門，說要去無道仙寨辦案，向楚大人調了十名捕快，他們一個人都沒有回來。所有跟無道仙寨有關的故事，結局都是沒人回來。頭兒說要去那裡辦案，楚大人只怕不會答應。」

鄭瑤點頭：「看來要去無道仙寨，得先辭去衙門工作才行。」

曾克勞問：「犯得著爲了秦震天，冒這麼大風險嗎？」

鄭瑤說：「我加入衙門，本就不是爲了賺錢活口。既然答應了要救秦震天，又答應了要滅誅匪盟，這無道仙寨，我是非去不可了。」

曾克勞忙道：「千萬不要一個人去送死！頭兒，你孤身前去，必死無疑！」

鄭瑤笑道：「你對我真有信心。」

「這點信心，我還是有的。」曾克勞轉念，說道：「不如你找金光鏢局的人同去？」

鄭瑤皺眉：「他們武功平平，去了也只是充人場罷了。咱們金州城裡……似乎沒幾個成名高手？」

「雲華道長如何？」

鄭瑤說：「他武功如何，看不出來。但人家一把年紀了，又是修道中人，要他跟我去那種龍蛇混雜的地方，如何開得了口？」

「那『追風俠』林起又已經去追鏢了。」曾克勞想了想，獻計道：「要去九刀門和大江幫問問嗎？」九刀門是金州最大的武林門派，大江幫是漢水船運的商旅幫派。金州檯面上的高手都是兩派中人。

鄭瑤想了想，點頭道：「也好，我這兩天就上門拜訪他們。就算找不到幫手同去，打探打探消息也好。」他倒杯桌上的冷茶，一飲而盡，又說：「眞正去過無道仙寨的，應該都是黑道長物？」

曾克勞說：「大江幫黑白通吃，檯面下有做私鹽生意。欲峰山的食鹽多半是跟他們進的。」

「他們黑道的生意，該找誰談呢？」

「我去問問。」

接下來兩天，鄭瑤就在金州城內聯絡武林人士，打探無道仙寨的消息。那九刀門雖是金州第一大派，但就只是人多，並沒有出類拔萃的高手。所謂的九刀，號稱是九套風格迥異的刀法，但他們眞正教授學生的只有三套半，其他五套半，根據掌門人的說法，乃是不傳之密，只有天賦異稟的練武奇才方能習練。至於掌門自己是不是練武奇才，所有人都笑而不答，一副高深莫測的模樣。

大江幫就有趣多了。他們經營水運，勢力遍布漢水流域，世面見得多，人脈也廣。鄭瑤見了幫中幾位長老，大多十分健談，跟他說了不少江湖祕辛。最後有長老幫他引見了幫主江河海。問起他為何想去無道仙寨，鄭瑤說要去捉拿毛耀宗，江河海立刻答應幫忙。「他奶奶的，毛耀宗那混蛋殘殺無辜，賺盡不義財。鄭捕頭要抓他，那是非幫忙不可了。」他說隔日正好有船私鹽運往梁州，之後改陸路送去欲峰山販售。鄭瑤可以假裝是大江幫的人，趁機混入無道仙寨。

鄭瑤問道：「幫主可知道無道仙寨如今是誰在當家主事？」

江河海搖頭：「那地方標榜無法無天，裡面的人既然不願給官府管，自然也不想給任何人管，表面上從來都沒有當家主事的人。實際上，無道仙寨聚集了三江五嶽的亡命之徒，除非眞是沒人動得了的武林高手，一般人若不拉幫結黨，如何生存下來？據我所知，無道仙寨長期維持三大勢力相互競爭的局勢，雖有共推的幕後寨主，但也不是眞的能當家主事，僅負責調解圍事，避免寨內血流成河。至於寨主是誰，我們這些外人從來不得而知，寨內一般居民也未必知道。聽說現任幕後寨主已在位四年，乃是歷來寨主在位最久的一個。在一個是非以拳頭定論的地方，此人武功肯定非常高強。」

鄭瑤說：「我聽說江幫主曾在激流中練功，內力強至能排山倒海，乃是武林一流高手。」

江河海哈哈大笑：「那是江湖上的朋友胡亂吹捧的，本幫主的武功還過得去，還過得去。」

鄭瑤說：「據說毛耀宗武功高強，比起他手下朱明虎不遑多讓。在下斗膽，想請江幫主同去助拳。」

江河海一口回絕：「不幹。」

鄭瑤無奈，約好第二日上船時辰，逕自回家收拾行李。

□

第二日一早，鄭瑤前往衙門，拜見金州刺史楚正邦，說明遠行辦案之事，並暫且辭去捕頭一職。楚正邦擔心他安危，不想他去，鄭瑤說錯過這次機會，只怕再也抓不到毛耀宗。爭論片刻後，鄭瑤請辭獲准，退出刺史大人的書房。

曾克勞迎上來。「頭兒，你說今日寅時上船？找到幫手了嗎？」

鄭瑤嘆氣：「秦霸天說要跟我同去，我拗不過他。」

「也好，二鏢頭的武功也很高強。」

鄭瑤愁眉苦臉：「說要抓毛耀宗，人人都感興趣。說去無道仙寨，全部都變啞巴。」

曾克勞說：「朝廷懸賞兩千兩緝拿毛耀宗，自然人人都感興趣。」

鄭瑤搗臉：「但是憑我武功，如何捉得了他？」

曾克勞鼓勵他：「頭兒可以智取呀！再說，只要先救出秦震天，加上秦霸天，你們三個人或許可以跟他們一鬥。」

「這也太或許了。」鄭瑤長嘆口氣：「要是我大師伯在就好了。」

曾克勞問：「頭兒，你辦完漢陰山的案子回來，就一直把你大師伯掛在嘴上。這位莊大俠的武功真有這麼厲害？」

「我給他提鞋都不配。」

曾克勞悠遊神往：「我給你提鞋都不配了。真不知道不必煩惱打架會輸的武林高手是什麼滋味？」

「就是不會有我這種煩惱的滋味。」鄭瑤抓頭。「只要大師伯在，當可直闖欲峰山，揪出毛耀宗，任誰也攔不住他。唉，我連朱明虎都打不過，這樣眼巴巴地跑去無道仙寨，究竟能幹什麼？」

「不如就別去了吧？」曾克勞建議。「你跟秦震天又沒交情，何必賭命救他？」

鄭瑤搖搖頭：「我大師伯說過，武功要有進境，就不能只跟打得過的人交手。尤其本門內功的運用法門必須在實戰中領悟。我要是怕東怕西，武學修爲就會原地踏步。」

曾克勞說：「爲今之計，只好去找玄日宗幫忙。」

鄭瑤說：「我既已離開，怎麼有臉回去找他們？」

「那看是面子重要，還是命重要了。」

鄭瑤唉聲嘆氣，絞盡腦汁。金州沒有玄日宗分堂，要找玄日宗助拳，最近得上長安。今日午後上船，長安分舵是沒得找了。江河海說貨船會在梁州轉運，梁州是有玄日宗分堂，但玄匪之亂前，分堂堂主也只是個三代弟子，雖然算他師兄，武功卻不高明。他只盼之前派去長安分舵查問石淵來歷的信差能夠盡快趕回，如果還能帶個玄日宗的弟子一起來就更好了。遇上江湖鬥毆之事，他還是只願信任同門師兄弟。

「要不要去天工門，問問江懷才有沒有什麼好用的機關讓你帶去？」

鄭瑤有點心動，但還是搖頭：「給他纏上又不知道要帶多少東西回來。」

「也是。他前幾天試飛木鳶，又摔傷了個伙計。頭兒上次說如果再摔人要他負責，聽說他這幾天在躲著你。」

鄭瑤起身踱步，心浮氣躁。來回走了幾圈，他說：「我去牢房走走。」

「頭兒想打犯人出氣？」

「你別跟來就是了。」

□

鄭瑤穿越後院，來到刺史衙門牢房。守門的衙役一看是他，忙上前道：「頭兒，那些獵戶一直吵著要找你。這等粗人，說話難聽，你別進去吧？」

鄭瑤說：「我要去地牢。只好路過了。」

衙役開門讓他進去。獵戶共抓了十二個人，分關在兩旁四間大牢房裡，鄭瑤一進門，獵戶就開始破口大罵。鄭瑤悶頭走路，不加理會，走到牢房內門，地牢入口外時，聽見獵戶郭一狼罵道：「鄭瑤！你勾結黃匪，濫殺無辜，姦淫擄掠，無所不爲，死後下十八層地獄，永世不得超生！」

鄭瑤轉身，走向郭一狼，右手竄入木欄，一把抓住他的頭髮，拉過來撞木欄。他連撞三下，撞得人頭破血流，這才放手。他說：「你們在官差面前放箭射死徐仁義，這殺人之罪，總是要有人擔的。是誰要擔，你們自己想想。楚大人說十日之後放其他人回家，要留誰下來，給我決定決定。」說完命衙役開鎖，進入地牢。

地牢前面是刑房，後面只有兩間小黑牢，專關惡行重大的刑犯。鄭瑤穿越刑房，來到第一間黑牢外，拉開門孔，提過燈籠，看著裡面的菜刀婆婆。菜刀婆婆躺在床上，神色安詳，在門外看不出她是死是活。鄭瑤張口道：「符夫人，妳醒著嗎？」

菜刀婆婆也不睜眼，只道：「鄭捕頭這麼好心，還想到來探望婆婆？」

鄭瑤說：「我御下不嚴，害婆婆重傷，好生過意不去。」

「不必。我殺傷捕快，被他們打也是理所當然。」

「符夫人眞是通情達理。」鄭瑤說。「這兩天睡得好嗎？」

「很好。」菜刀婆婆說。「比過去二十年睡得都好。」

「妳……」鄭瑤猶豫片刻，繼續說：「妳也想被我們抓到，是吧？」

菜刀婆婆一聲不吭，正當鄭瑤以爲她無話要說時，她說：「你想石謙長大之後，還會不會害人呢？」

鄭瑤想了想：「我想他不會了。」

「他不會再毫無證據，含血噴人嗎？」

鄭瑤想起樓上牢房那些獵戶所作所爲，實在也不敢保證什麼。他聳肩道：「我想他學到教訓了。」

「學到教訓，就夠了嗎？」

「希望夠了。」

「是呀，希望夠了。」菜刀婆婆翻身側臥。「希望夠了。」

鄭瑤關上門孔，走到下一間黑牢。他打開門孔，看見鎖在地上的瘦小身影，說道：「燕姑娘，別來無恙？」

一個童稚女音笑道：「我道是誰呢，原來是鄭哥哥呀？你有一個月沒來陪我玩了吧？」

鄭瑤皺眉：「燕姑娘，我們都知道妳只是貌似孩童，其實比我還大上兩歲。可不可以請妳別再冒充小孩了？」

「鄭哥哥不要見外，叫我珍珍就好。」

「我絕不叫妳珍珍！」

燕珍珍一陣嬌笑，說道：「鄭哥哥，進來嘛。我喜歡你在我身邊。」

鄭瑤嘆口氣，請衙役開門，走進黑牢，掛上燈籠，拉張椅子，在燕珍珍鐐銬鎖鏈可達距離外坐下。

燕珍珍笑吟吟看著他，問道：「鄭哥哥來找珍珍，有什麼事嗎？」

鄭瑤打量她的身形，問道：「一個月不見，燕姑娘又長高了？」

燕珍珍嘆道：「是呀，沒有眞元可吸，長得很快呢。」

鄭瑤側頭：「我大……莊大哥說妳經脈俱傷，已成廢人。但看妳氣色不錯？」

燕珍珍笑著說：「珍珍是仙人，不是肉體凡胎。經脈什麼的，一下子就好了。」

鄭瑤吞口口水，站起身來，把椅子往後拉開一步，這才再度坐下。燕珍珍眼睜睜看他這麼做，笑意絲毫不減。「鄭哥哥眞好玩，珍珍喜歡你。」

鄭瑤深吸口氣，問她：「燕姑娘可曾去過無道仙寨？」

「去過呀！挺好玩的。」燕珍珍說。「那裡的叔叔伯伯老誇珍珍可愛，每個看到我都想抱抱呢。我爹就不高興，把他們通通殺了。唉，我爹這個人呀，暴戾之氣太重，並非修仙之道。」

「你們去那裡幹什麼？」

「爹說那是好地方，殺人不必償命，正適合我們修仙得道。」燕珍珍聳肩。「世上哪有那麼好的事，你說是吧？咱們在那裡住了半年，道行是增進不少，但仇家可越結越多。最後變成全寨公敵，就讓他們給趕出來了。」

鄭瑤瞪大眼睛：「憑妳的武功，也會給趕出來嗎？」

「我當年道行不深，要靠我爹保護的。」燕珍珍一副天眞無邪的模樣。「總之無道仙寨那地方，大家都不按牌理出牌。你想要躲在裡面過日子倒還可以，想要一直殺人就不行了。鄭哥哥問這幹嘛？」

「我要去無道仙寨抓個人出來。」

燕珍珍坐正，笑容端莊。「你如果想活著回來，就帶我一起去囉。」

鄭瑤說：「帶妳一起去，只怕還沒到我就死了。」

「那也很有可能。」燕珍珍掩嘴而笑。

鄭瑤低頭看她：「燕姑娘，我要抓的人是大壞蛋，害死過好多人。妳若有什麼……」

「你進了無道仙寨，去半山腰找間『血泉當舖』。當舖掌櫃是我家長輩，跟他說我叫你去的，他會照顧你。」

鄭瑤問：「血泉當舖？這店名會不會太……」

「那裡大家開店都比凶惡的，你取個文謅謅的店名，要嘛就沒生意，要嘛第二天就給人砸了。血泉當舖，剛好而已。」

「是。多謝燕姑娘。」他站起身來，拉起椅子，往門外走。

「鄭哥哥！」燕珍珍輕喚。鄭瑤回頭，她說：「你那莊大哥……怎麼都不來看我？」

鄭瑤據實以告：「他不住在金州。」

「啊……」燕珍珍語氣失望。「你下次見到他，跟他說珍珍很想念他，好嗎？」

「妳……妳想念他？」

「是呀，」燕珍珍故作靦腆。「我對他又愛又恨，這三個月來，沒有一天不想起他呢。」

「呃……」鄭瑤愣了愣。「我如果見到他，會幫妳轉達。」說完關門上鎖，快步離開地牢。

□

鄭瑤邊走邊想：「一味擔心也不是辦法，想那朱明虎雖然厲害，我與秦霸天聯手，也未必輸給他，就不知道毛耀宗跟那葛春秋的武功又怎麼樣。無道仙寨惡名遠播，畢竟是做買賣的地方，總不會看到人就殺。玄日宗武學高明，人所皆知，我萬不可小覷自己，滅了師門威風。至於那血泉當舖……他們燕家人想法奇特，道德詭異，那燕掌櫃多半好不到哪裡去。非到必要，還是別招惹爲妙。」

來到衙門後院，曾克勞賊兮兮地走了過來。「頭兒，有個貌美姑娘來衙門找你，嘻嘻。」

鄭瑤打他個爆栗：「嘻你個鬼。我又不認識什麼美貌姑娘，人家多半是來報官的。你們少在那一副賊頭賊腦的模樣，落百姓口實，滅衙門威風。」

「不是呀，頭兒，」曾克勞邊揉腦袋邊說。「這姑娘，好標緻，看得我們弟兄魂都飛了。大家都說只有頭兒這麼英俊瀟灑的少年英雄才配得上她呀。」

鄭瑤不禁好奇，揚眉道：「眞這麼美？」步伐不由自主都變快了。

「是呀，不只美，還佩劍，英姿煥發，跟頭兒站在一塊兒，堪稱神仙俠侶。」

鄭瑤心一驚：「她可有報姓名？」

「我瞧得呆了，姓什麼都不知道呀。」曾克勞還在調笑。「她是個複姓……」

鄭瑤忙問：「是上官嗎？」

「哈哈！」曾克勞大笑：「你還說你不認識？」

「唉呦！」鄭瑤神色慌張，三步併作兩步，就差沒施展輕功，衝向大堂。「你怎麼不早說？」

「瞧你樂的，定是青梅竹馬的老相……」

「相你個頭！她是我師叔！」

鄭瑤轉入大堂，只見楚大人與一名白衣女子側坐敬茶，談笑生風，正是玄日宗長安分舵主上官明月。就聽上官明月笑道：「楚大人太客氣了。鄭瑤年輕氣盛，這一年來定是給你添了不少麻煩。」

楚正邦忙搖頭：「沒有、沒有！鄭捕頭是刺史衙門頭號捕頭，老百姓都說他是金州神捕呢！」

「神捕？」

鄭瑤直奔兩人面前，先朝楚正邦躬身行禮，跟著又向上官明月拜倒，說道：「上官師叔！弟子鄭瑤向妳請安！」

上官明月笑道：「起來，起來。你現在自立門戶，從前師門的稱謂就免了吧。」

鄭瑤起身，說道：「師叔，這怎麼……」

「夠了。」上官明月揮揮手。「我以前就不喜歡你叫我師叔，又沒差幾歲，把人都給叫老了。聽說莊師兄要你叫他大哥，你也叫我上官姊姊就行了。」

「上官……姊姊？這我怎麼叫得出口呀？」

「反正別叫師叔。」

楚正邦說：「上官舵主看來比鄭捕頭還小兩歲，說是師叔還真教人難以置信。哈哈。」

「楚大人取笑了。」上官明月正色道。「長安與金州也就幾日路程，楚大人若有用得著本宗的地方，儘管派人送個信來。」

楚正邦笑道：「有上官舵主一句話，本官可就放心了。」他知道上官明月找鄭瑤另有私事，於是起身說道：「本官公務繁忙，這就先去……」

「楚大人快請。」

楚正邦離開，上官明月要鄭瑤坐下。鄭瑤不自在，還是站著說話。他問：「上官……姊，爲何親自大駕金州？若是爲了我遣人詢問石淵之事，讓人帶個信來，也就是了。」

上官明月說：「你莊大哥向我提過漢陰山案，要我沒事來關照你。我左右無事，這就來了。」

鄭瑤惶恐：「姊……上官姊是專程來關照我的？」

「倒也不是。」上官明月鎖眉道。「朱全忠殺了宰相，朝廷已經名存實亡。長安不日定有大難，你莊大哥要我盡早安排分舵撤離長安事宜。我此行金州，還打算物色房產，以供日後運用。」

鄭瑤憂心：「形勢已經這麼糟了嗎？」

上官明月道：「你非玄日宗人，不必在意那些。況且適才與楚大人相談，我此行目的已變。鄭兄弟，我聽說你要進無道仙寨，捉拿誅匪盟首腦歸案？」

鄭瑤道：「是呀，原來楚大人說了。」

上官明月點頭：「楚大人擔心你回不來，請我陪你同去。」

鄭瑤大喜，猶如溺水之人抓住木頭，顫聲道：「師……師……上官姊可願意去？」

上官明月笑道：「玄日宗一直以來都在協助官府抓賊。此事既然由你帶隊，我又怎麼會不幫呢？我這個人沒什麼，故人之情還是放在心上的。」

鄭瑤擔心數日，幾度懷疑自己，這時平空降下大援，宛如放下心中大石。他心寬腳軟，站立不穩，摔坐在椅子上。「多謝上官姊！多謝上官姊！」

「好了，別沒出息。」上官明月倒杯熱茶，塞到他手裡。「誅匪盟蠱惑人心，栽贓嫁禍，我早就想把他們挑了。這次有機會為民除害，我還要謝謝你呢。你做得很好，不愧是金州神捕，姊姊很開心。」

鄭瑤心裡激動，說不出話。上官明月年輕貌美，武功高強，從前分舵弟子都對她敬若天人。聽她誇讚一句，鄭瑤心下滿足，彷彿人生一切都美好起來。「謝……多謝上官姊。」

上官明月問：「那石淵之事，究竟如何？」

鄭瑤忙道：「原來毛耀宗當初指名要找石淵，是因為他是玄日宗弟子。誅匪盟此行無道仙寨，目的乃是挖掘寶藏，據說寶藏有玄日宗機關，需要玄日宗弟子解決。」

「嗯，」上官明月點頭。「本門機關之術，博大精深，可惜我沒研究。不過轉勁訣借力使力，推動石門之法，從前我們待在總壇，輪值震天塔時都曾學過。那石淵乃上代弟子，跟我師父同輩，不過並非同系。黃巢亂時，玄日宗十三系弟子死到剩下我們崔祖師爺一系，那石淵乃是崔祖師爺三師弟的弟子，二十二年前彭城一役後離開師門。要不是我小時候聽師父提起過他，還得回總壇查名冊才會知道。」

「原來石淵輩分這麼高？」

「師父說石淵武功不錯，在他們那一輩裡算是出類拔萃。但當時玄日宗隨軍平亂，戰場衝殺，武功再高也隨時都有性命危險。石淵眼看多少武功高強的師兄弟枉死戰場，心中不忿，不甘心習武多年，卻要充當一般士兵，死在愚昧將領的指揮下。於是他稟明師父，意欲離開師門。當時他師父氣極，把他痛罵一頓，說他膽小怕事，畏苦怕難，命他發誓從此不用師門武功，就此逐出師門。」

「原來他還發過這種誓？」

「是呀。」上官明月繼續說。「石淵離開師門後，並沒有就此躲藏起來，而是憑藉一己之力持續與黃巢軍作對。黃巢死後，他還有在獵殺黃巢餘孽。當時玄日宗開始復興，有所餘力，師父就派人留意石淵，發現他確實不再施展玄日宗武功，完全仰賴射御之術。師父曾請他回歸總壇，一同光大玄日宗。石淵拒絕，說他沒臉回去，之後師父就沒找過他了。」

鄭瑤想不通：「他若是本門一代前輩高人，怎麼會死在獵戶箭下？就算他發誓不用師門武功，事關他兒子的性命，總不會白白送死吧？」

上官明月嘆道：「他發誓不用武功，自然也不再習練。功夫荒廢了二十年，到頭來連自己兒子都救不了，幸好有你幫他救了。」她轉頭看他，神色勉勵：「我們可沒規矩說離開了玄日宗就不能再練玄日宗的武功。你的功夫千萬不要荒廢了，知道嗎？」

「是。謹尊師……姊姊教誨。」

上官明月忍笑片刻，說道：「你資質算不錯的，倘若留在師門，此刻轉勁訣應該已經練到第四層。可惜呀，我不能再指導你武功，只好靠你自悟。你雖離開師門，使的畢竟還是玄日宗武功，可別墜了本門威名。堂堂金州神捕，若連朱明虎那等角色都拾奪不下，不是讓天下英雄笑話嗎？」

「是，我一定勤練武功。」

上官明月點頭：「楚大人說今日午後上船，水運到梁州，再轉陸路去欲峰山。這中間總要十來日的路程，你路上就專心練功吧。我練功時，你要在旁邊看著，我也不會阻攔你。但是別想我教你功夫啊。」

鄭瑤大喜，連道：「多謝上官姊！多謝上官姊！」

「話說回來，石淵死了，誅匪盟還得找個懂轉勁訣的人。」

「是，朱明虎已經來找過我了，我沒答應。」

「玄日宗弟子成千上萬，他們也不是非找你不可。」上官明月沉思道。「搞不好無道仙寨裡也有玄日宗高手。」她站起身來。「我先回客棧打理，寅時碼頭見。」

上官明月一走，曾克勞立刻跟幾名捕快擁入大堂，來到鄭瑤身旁起鬨道：「哇！頭兒！你這上官姊姊實在是……嘻嘻！」

鄭瑤使出朝陽神掌中的「晨霧漫漫」，在眾人後腦上各拍了一掌，說道：「嘻什麼嘻？人家是貨眞價實的武林高手，動根手指頭就打殘你們。你們少在那邊起壞心眼。」

「不敢！不敢！」曾克勞說。「那頭兒，你起壞心眼行不行？」

鄭瑤不怒反笑，望向前院，說道：「想不到我這輩子還能得上官師叔指點，這福氣呀……是修來的。」

眾捕快哈哈大笑，他也不理會他們，到前院去自顧自地練功。

第九章 遊仙寨

上官明月、鄭瑤、秦霸天三人寅時於碼頭碰面，上了大江幫的鹽船，逆流而上，往梁州而去。大江幫只備了兩間艙房供鄭瑤和秦霸天居住，如今多了上官明月，鄭瑤請秦霸天讓出艙房。秦霸天本來不悅，想說你鄭瑤想帶個美貌姑娘遊山玩水，住一間房不就得了，幹嘛要老子讓房出來？待得聽說上官明月是玄日宗長安分舵舵主，登時肅然起敬，乖乖搬到底艙去跟水手同住。

旅途無事，鄭瑤每日便在船上練劍。他學藝十年，專攻劍法，學全了入門的旭日劍法，烈日劍法也有涉獵，但夕日劍法就沒碰過了。上官明月會在他練完劍法後，演練同一套劍法，儘管沒有明講，卻會針對鄭瑤不足之處反覆演練，讓鄭瑤去自行體會。秦霸天不會玄日宗武功，自顧自地練功，上官明月隨口指點，他也受用無窮。

一路無話，船抵梁州。大江幫的人將鹽裝車陸運，往西南欲峰山而行。鄭瑤等三人日間坐在車中，不好練功，就各自培元養氣，勤練內力。內力不比招式，不能靠演練指點，上官明月也不理會，就讓鄭瑤自練自悟。

不一日來到欲峰山腳，大江幫壓貨的劉堂主請三人捨棄馬車，隨貨而行，充當鏢師。劉堂主指向路旁一塊石碑，唸道：「入此山者，後果自負。」秦霸天問劉堂主：「你們送貨，都不怕的嗎？」劉堂主說：「我怕他們不吃鹽。要吃鹽，就不怕他們。」

一行人驅車入山，沒多久來到一道狹長山谷，谷口有座山門，門上牌匾寫道「無道仙寨」。鄭瑤步入山門，左右打量，問道：「這裡寫明仙寨的招牌，怎麼沒有派人看守？我以為他們會盤查入寨之人？」

劉堂主道：「此為欲峰山仙道谷，便是當年節度使聯軍攻山，土團白條軍死守之處。那場大戰在這谷裡死了上萬人，可謂屍橫遍野，到現在還會挖出骨骸。鄭捕頭若是山上居民，這仙道谷，你住不住？」

「不住，不住。」

一行人浩浩蕩蕩，沿仙道谷入山。谷道兩側立了大大小小無數墓碑，隔段距離就有人跪在墳前燒香撒錢，氣氛詭譎，令人不寒而慄。劉堂主解釋：「這每次來都有，我想是唬人的。」

走到半路，聽見咻的一聲，響箭聲起，唰地插在車隊前一丈外的地上。劉堂主揚起右手，大江幫夥計立刻停下車隊，拔出佩刀，全神警戒。

左邊枯樹後走出一名男子，右邊墓碑後走出一名女子，山壁大石後也跳出一條大漢。三人同時說道：「此樹是我栽，此路是我開，若想過此路，留下買路財！牙蹦半個說不字，一刀一個不管埋。」身穿黑衣的男子大罵：「哭喪女！虬髯漢！這樹分明是我拔過來插的，你們說什麼是你栽？」虬髯漢道：「攔路鬼，你好意思說，這樹不是從我家果園拔來的嗎？」「你種了樹又不管，枯成這樣，我拔來用用不成？」哭喪女哭道：「攔路打劫都有人搶，奴家命苦哇！」

鄭瑤問：「這也是每次都有嗎？」

劉堂主搖頭：「這很新鮮。」他指向貨車上掛的虎頭旗，大聲道：「三位大王，小號大江幫賣鹽的，跟貴寨餓虎倉行訂約交貨。大王要搶小號，恐怕不合規矩。」

攔路鬼道：「跑來無道仙寨講規矩，你傻的嗎？」

虬髯漢說：「餓虎倉行壟斷食鹽，坐地起價，不搶他們是不行的！」

哭喪女哭：「奴家買不起鹽，每日粗茶淡飯，命好苦哇！」

三人同聲喝道：「出來！」山壁上，墓碑後，山洞裡登時冒出二、三十人，舉弓亮刀，都是跟著三位大王來打劫的嘍囉。

大江幫車隊連鄭瑤等人也有三十二人，人數並未處於劣勢。劉堂主笑道：「眞是好笑，你們各帶十個人就想打劫車隊，當眞把我們大江幫給看扁啦！」

攔路鬼說：「咱們武功高強，又佔地利，隨便帶十個人就能劫你。不相信就試試看！」

「且慢！」秦霸天說著上前。「大江幫這批貨是咱們金州城金光鏢局保的。各位有種，只管來嘗嘗金光鏢局的手段！」他們之前講好，在欲峰山若遇上了事，就先亮出金光鏢局的招牌，藉以打草驚蛇。毛耀宗的人聽說金光鏢局找來，心下自然有底，要是能引誘他們主動找上門來，總比在偌大個山城寨中找人方便。

攔路鬼瞪大眼睛：「哇！是金光鏢局耶！」

虬髯漢捂嘴：「好嚇人呀！」

哭喪女哭：「我苦命啊！」

三人齊道：「搶！」

眾強盜一聲發喊，提刀擁上。大江幫的夥計毫不畏懼，說打就打。鄭瑤舉劍刺向攔路鬼，秦霸天橫刀劈向虬髯漢，劉堂主則對上哭喪女的哭喪棒。上官明月自兵器車上取了長弓箭袋，就著貨車掩護發箭射向山壁上的弓箭手。那些弓箭手仗著據高地勢，毫不掩護，肆意放箭，想不到上官明月內力深厚，勁透箭身，別說要躲箭了，根本連有箭飛來都沒看見。上官明月一箭一個，沒多久就把山壁上十名箭手盡數射倒。

攔路鬼使刀，刀勢剛猛，內力渾厚，鄭瑤每一劍都得灌滿功力才能接下。他這半個月都在練功，無論劍招和內勁都有所領悟，早就躍躍欲試，想找人動手。如今入欲峰山，遇上第一個對手就如此剛猛，只打得他精神抖擻，劍法越使越順。本來他接刀稍嫌吃力，但在以轉勁訣洩力後，便不須運足內力抵禦。這攔路鬼的刀法也算精奇，倘若多看一會兒，必有所獲，只不過現場混戰，不宜久鬥，他也不好手下留情。十餘招過後，他看準對方破綻，一劍刺中攔路鬼右肩，令他大刀脫手，無力再鬥。

秦霸天跟虬髯漢各使鋼刀，殺得難分難捨，鄭瑤見他尚無敗象，便想去幫忙劉堂主。那劉堂主使得是一對判官筆，哭喪女使得兩根哭喪棒，兩人招式巧妙，以快打快，一時勝負難分。但哭喪棒又重又長，佔有兵器之利，劉堂主且戰且退，逐漸被逼向山壁。鄭瑤長嘯一聲，長劍宛如水龍般竄向哭喪女。哭喪女大驚失色，不架而走。鄭瑤趁勢追擊，連挑兩劍，打落對方哭喪棒。

秦霸天與虬髯漢打得興起，突然一起拋下鋼刀，出掌對劈。兩人劈一掌，虬髯漢後退一步，兩掌，退兩步，退到第三步時，虬髯漢口噴鮮血，舉手投降。

鄭瑤和劉堂主四下走了一圈，打倒所有盜匪嘍囉。大江幫夥計把盜匪趕在一起，圍成一圈。劉堂主大落落一站，問三名匪首道：「你們服了沒有？」

三人齊道：「服了。」

劉堂主問：「既然服了，那便怎樣？」

攔路鬼說：「我們發誓，從此不再動大江幫的貨物。」

「那可不夠。」劉堂主搖頭。「這是個無法無天的地方，你們發這種誓，當我傻的嗎？身上有多少值錢的東西，這便通通拿出來吧！」

三十來名盜匪交出了銅錢數串、銀鏢數枚，最慘的是哭喪女，身上戒指手鐲項鍊都給拔了下來，可謂損失慘重。劉堂主要夥計取出繩索，捆綁眾盜，哭喪女哭道：「老闆，你饒了咱們吧！你把咱們綁了丟在這裡，要給仇家發現，那就死無葬身之地了。」

「你們仇家很多嗎？」

「全寨五萬多人，沒有不是仇家的。」

秦霸天說：「你們老老實實待在此地，過半個時辰再散去。要是讓我發現你們跟蹤咱們，下次絕不會再手下留情。」

攔路鬼說：「是！是！我們絕對老實、絕對老實。」

「你給我把話傳開，說大江幫的鹽是金光鏢局罩的！少打咱們主意！」

「是……是……」攔路鬼遲疑。「那個……大爺，你這樣囂張放話，只怕會惹更多人來找碴。」

「老子就是喜歡有人找碴！熱熱鬧鬧，有什麼不好？」

「是……是……」

一行人丟下盜匪繼續前進。大江幫夥計傷了五人，幸好傷得都不重，劉堂主讓他們坐在車上休息。

秦霸天說：「這幾個毛賊武功不錯，卻也沒有傳言中那麼可怕。倘若無道仙寨裡都是這等貨色，咱們可就白擔心了。」

鄭瑤搖頭：「秦鏢頭千萬不可輕敵。」他轉向上官明月，恭敬問道：「上官姊怎麼看？」

秦霸天說：「那些雜碎根本輪不到上官女俠出手，又有什麼好看的？」

上官明月笑道：「攔路鬼使的是淮南江屏派的猛龍刀法，那是土團白條軍的功夫；虬髯漢刀法不行，眞正的功夫是青州漁村的海蛇掌，乃是黃皓浪蕩軍的一支；哭喪女的哭喪棒是柳州棺木堂的功夫，是邪教。你問我怎麼看，我說我們已經讓仙寨裡的勢力盯上了。」

秦霸天、劉堂主和鄭瑤都吃了一驚。秦霸天當即停步，回頭道：「咱們回去審審他們，問個清楚為上。」

上官明月搖頭：「他們早就跑了，不會乖乖等的。這仙道谷是外人入山唯一的道路，卻不會是本地居民的唯一通路。」

秦霸天想想有理，轉過頭來，佩服道：「上官女俠年紀輕輕，見識卓絕，秦某眞是佩服。」

上官明月點頭：「我是玄日宗第一分舵舵主，懂點江湖走跳也是理所當然。不過你們也別老想著要靠我。我跟來只是在必要時助拳，查案找人什麼的，你們可得自己應付。」她看向鄭瑤，又說：「年輕人要靠自己，知道嗎？」

「是，上官姊。」

一行人走上緩坡，逐漸離開山谷，路旁開始出現房舍，行人越來越多，孩童四下奔走，到處都是叫賣聲。轉眼之間，他們已經置身市集之中，彷彿來到熱鬧非凡的大城，只不過街道雜亂骯髒，貧窮與繁華並立，蔚爲奇觀。鄭瑤隨著車隊前進，欣賞市集街景，著實開了眼界。他從前住在大唐首都長安城，各式各樣紙醉金迷、燈紅酒綠早已司空見慣，但在無道仙寨，一切買賣技藝彷彿更上一層樓。

有個表演刀槍不入的漢子遇上來砸場的內家高手，氣灌金刀破了他的鐵布衫，把他砍得渾身是血。那漢子倒也硬氣，一聲不吭地接刀，流血了只是躬身抱拳，說是技不如人，謝謝指教。觀眾裡有人大聲噓他，也有人高聲喝采，拿銅錢砸他。漢子撿起名符其實的血汗錢，一拐一拐去看醫生。

砸場的高手哈哈大笑，走去隔壁胸口碎大石的攤位，把那師父打得口吐鮮血，躺在板凳上爬不起來。觀眾裡有人看不下去，想把砸場的傢伙攆出市集，結果又被打成重傷。砸場高手還想揭穿隔壁表演奇術的騙人伎倆，自願進入奇門箱中，結果讓術士變不見了，所有觀眾鼓掌叫好！

市集第三間肉舖門口掛了顆虎頭，夥計叫賣道：「賣虎鞭呀，賣虎鞭！吊睛白額老虎的大虎鞭，一頓吃不完耶！」

隔壁菜舖賣的是白菜大小的天山雪蓮，有返老還童、長生不老之效。貨物既出，蓋不退費。

轉角擺攤賣奇藥的擺了巫山血蟾、天河猛蛛、大食兩頭蛇等三隻異獸。每隻都能增加五十年功力，三隻一起吃下去，倘若能夠不死，你就能練成天下第一的蓋世神功。

途經一條書畫街，賣的全是名人墨寶。光是韓幹的牧馬圖起碼就有七幅，每家都說是真跡，有家老闆說是臨摹的，鄭瑤反而想多看一眼。

轉入下一條山道，道旁開的是打鐵舖。各式各樣神兵利器，削鐵如泥，琳琅滿目。一家店外有人罵道：「老闆，你昨天賣給我一把真品干將劍，今天又擺一把出來賣。你是有多少真品干將劍呀？」老闆回罵：「鑄劍天師干將本人坐鎮本店，他打出來的劍可不是真品干將劍嗎？」客人再罵：「你少騙我！干將死了幾百年啦！」「你沒聽過投胎轉世嗎？」

街尾走來一人，扛著旗子大聲叫賣：「賣香屁呀！賣香屁！」

鄭瑤忍耐不住，攔下那人，問道：「這位兄台，敢問你這屁……怎麼會是香的？」

香屁郎道：「我吃過仙花，咬過蟠桃，放的屁自然很香。客人要聞香屁嗎？聞一屁十兩，可治百病，延年益壽。」

秦霸天搭上鄭瑤肩膀，笑道：「別說做哥哥的不照顧你呀，我請你聞香屁！十兩一屁，你想聞幾屁？」

鄭瑤無言以對，摸摸鼻子往前走。之後又遇上個賣人參童子尿的，他就沒再多問了。

轉上一塊稍微寬敞的平地，沿著山壁搭建了好幾間大屋，其中一間門面美觀，掛了燈籠招牌，寫明「餓虎倉行」。劉堂主吩咐停車，上門交易。倉行師爺帶了十餘名壯丁出來，負責點收搬貨。劉堂主領著一名身穿華服、員外打扮的人過來，介紹道：「這位是餓虎倉行池老闆。這位是金州金光鏢局的二鏢頭秦霸天，還有鄭公子和上官姑娘。這次幸虧我們請了鏢局幫忙，不然剛剛在仙道谷就給人劫了。」

池老闆一聽就火：「什麼？有人敢動我們的貨？你有插本行虎頭旗嗎？」

「有啊。他們毫不理會。」劉堂主說。「領頭的有三人，自稱攔路鬼、虯髯漢和哭喪女。池老闆知道是什麼來頭？」

池老闆臉色一變，轉頭打量秦霸天、鄭瑤及上官明月，皺眉道：「請各位進來說話。」眾人進門，過大廳，來到池老闆專門接待貴賓的內堂，請下人送上茶點，這才說道：「老劉，你可給我惹麻煩啦！」

劉堂主道：「那幾個人武功也不甚高，算不上多麻煩。」

「那得看他們究竟為何盯上你們了。」池老闆轉向秦霸天。「你帶來這幾位朋友，絕非保鏢這麼簡單，是吧？」

劉堂主點頭：「本幫也只是幫忙他們入寨而已，之後他們幾位要做什麼，本幫是不管的。池老闆不想惹麻煩，我請他們離開便是。」

「不忙，不忙。」池老闆搖手道：「無道仙寨本是是非之地，我敢在這裡做生意，就不打算安穩度日。況且既然知道有麻煩，我也好弄清楚麻煩何在，是吧？只不過劫貨的那些人，分別代表仙寨幕後三大勢力。既然他們沒有眞的把貨劫了，多半是來刺探各位虛實的。」他對著秦霸天問：「三位功夫不錯？」

秦霸天道：「沒讓他們探出虛實。」

「敢問三位爲何而來？」

秦霸天直言告知：「有人挾持我哥哥和幾個鏢局的鏢師來此，我們是來救他們的。敢問池老闆，這幾日可有約莫十人的車隊入寨？」

「我可以幫你們問問。」池老闆說。「若要打探此事，我也得清楚風險。請問秦鏢頭，究竟是什麼人挾持令兄？」

秦霸天看鄭瑤，鄭瑤又看上官明月，上官明月微微聳肩，鄭瑤便說：「是誅匪盟盟主，毛耀宗。」

「難怪你們給盯上了。」池老闆臉色一變：「無道仙寨的居民來自大江南北，但當初還是以土團白條軍爲最大勢力，加上四年前浪蕩軍餘黨也流落此地，要說這裡是黃巢軍最後據點也不爲過。毛耀宗追殺黃巢部眾二十年，本寨許多人都欲除之而後快。各位爲了對付他而來，自然會被本寨勢力盯上。」

「如此說來，仙寨幕後勢力已經知道毛耀宗入寨之事了？」

「多半如此。」池老闆點頭。

「既然是這麼大的對頭，難道還沒把他們抓起來嗎？」

池老闆說：「黃巢部眾若是抓了毛耀宗，定會詔告全寨，公開處刑。我至今未曾耳聞，應該沒有抓到。」

鄭瑤皺眉：「毛耀宗來到黃巢部眾的地頭，要怎麼做才不會被他們抓到？」

秦霸天說：「那可得找黃巢部眾的對頭幫忙了。」說完跟鄭瑤一起看著池老闆。

池老闆說：「在無道仙寨裡，膽敢跟黃巢部眾打對台只有一方勢力，叫作邪道盟。你一聽就知道那是一群邪魔歪道所組成的聯盟，他們人數不多，但個個都是奇人異士，身負驚人藝業。跟他們打交道，乃是世間最凶險的事。」

秦霸天問：「我要怎麼跟他們接頭？」

池老闆往上一指。「你們繼續拐上兩道，就會看到一間血泉當舖……」

鄭瑤正在喝茶，聽見「血泉當舖」，噗嗤一聲全吐出來。池老闆揚眉：「鄭公子聽說過血泉當舖？」

鄭瑤擦嘴：「他們掌櫃可是姓燕？」

「是呀。」

鄭瑤臉色發白：「眞眞正正是邪魔歪道。」

「可不是嗎？」池老闆說：「血泉當舖除了典當金銀珠寶外，還當陽壽。」

秦霸天大驚：「什麼叫當陽壽？」

池老闆聳肩：「你進去時是二十歲，若當十年陽壽，出來時就是一副三十歲的模樣。天公地道，童叟無欺。」

秦霸天問：「這怎麼可能？」

鄭瑤卻問：「當了陽壽，贖得回來嗎？」

池老闆搖頭：「據說他們陽壽都是死當，而顧客得到的代價也不會是錢財。」

鄭瑤點頭：「就是拿命換命了。」

「是。」

秦霸天難以置信，問鄭瑤：「鄭兄弟，你聽這種事情怎麼好像沒事一般？這太奇怪了吧？」

鄭瑤解釋：「他們燕家習練一種採陰補陽的奇特內功，能夠吸人精元，延年益壽。我之前遇上過一個燕家的人，手段凶殘，殺人不眨眼，且自稱是修道升仙，絲毫不以殺人爲過。說起邪魔妖道，莫過於此了。」

池老闆說：「可不是嗎？他們本來父女二人來無道仙寨殺人修道，據說兩人都越練越年輕。後來他們殺的人太多，不能放任不管，全寨的人聯合起來追殺他們。最後那個做爹的燕建聲便與眾人談妥條件，約好不再殺人，只取人陽壽。一來可助他求道，二來也能幫助一些沒錢的苦命人……報仇什麼的，於是血泉當舖就開張了。」

鄭瑤皺眉：「取人陽壽這等事情，你們也能容忍？」

池老闆道：「鄭公子，在無道仙寨，十年陽壽也不算什麼大不了的代價。那燕建聲本事很大，沒多少辦不了的事。」

「你說父女二人……」鄭瑤想起燕珍珍曾說被父親拋在荒山野嶺。「那女兒呢？」燕珍珍在山中提過她爹名叫燕建聲，但那名字鄭瑤聽過就算，此刻再聽見，一時也不知道是也不是。燕珍珍說開血泉當舖的是家裡長輩，卻沒說是她爹。

「沒人知道。」池老闆回答。「血泉當舖開張後，那女兒就再也沒露過面了。有人說是燕建聲把女兒給吸了，也有人說是那女孩吸人太多，變小到沒了。」

秦霸天張口結舌：「這叫什麼事呀？」

鄭瑤朝上官明月看了一眼。他在船上曾與上官明月提起燕珍珍之事，知道莊森有跟她講過大道神功。上官明月事不關己般地聳肩，總之都讓他去拿主意。鄭瑤心想：「不知道燕建聲與他女兒關係如何？要讓他知道女兒眼下被我關在金州，只怕當場要折我五十年陽壽。」說道：「此人太邪，還是少惹爲妙。」

「公子所言甚是。」池老闆說。「但那毛耀宗多半就是他在罩著。」

「眞遇上了再說。我們還有線索。」鄭瑤問：「仙寨裡可有玄日宗高手？」

池老闆揚眉：「玄日宗？」

鄭瑤解釋：「毛耀宗此行辦事，還差個懂玄日宗武功的幫手。他原先找的人在金州給人殺了，我們料想他會在仙寨裡找人。」

池老闆沉吟：「玄日宗門徒滿天下，有幾個流落到無道仙寨來也很合理。但他們多半都是過客，鮮少在此逗留。特別是這一、兩年，玄日宗的人入寨，幾乎都不過十天半個月，彷彿有人……在趕他們走。」

鄭瑤十指交握，拇指轉圈，想了想說：「那就只好自己扮高手了。」

上官明月笑道：「你去吞隻巫山血蟾，說不定能扮高手。」

鄭瑤臉紅：「上官姊……」

「有件事我剛剛就想問了。」上官明月一臉正經。「那血蟾、猛蛛、兩頭蛇都說能增五十年功力，倘若擇一來吞，你吞哪一隻？」

「唷？上官姑娘，妳感興趣？」池老闆問。「血蟾、猛蛛、兩頭蛇，我倉庫裡都有備著幾隻，妳喜歡儘管拿去吃。」

鄭瑤說：「什麼這……這……真有效嗎？」

池老闆說：「我是沒吃過，你吃吃看就知道了。」

「煮成湯，行不行？」秦霸天問。「我蛇湯、田雞湯都挺愛喝的。」

鄭瑤問：「你幹嘛不喝猛蛛湯呀？」

上官明月嬌笑幾聲，問道：「池老闆，鄭公子想找個地方惹事生非，讓人認出他是玄日宗高手，你給說個地方吧？」

□

三人別過大江幫和餓虎倉行的人，沿山道曲折上行，過血泉當舖，來到「每日有人打架鬧事」的「龍蛇樓」。酒樓、賭場、打擂台，你想得到的消遣娛樂此地無所不包。門口石雕龍蛇交纏，兩條身軀雜亂無章，分不清誰是誰。鄭瑤看著品味不明的石雕，聽見門內傳來悅耳絲竹與賭客咒罵聲，心中浮現一股想進去又不想進去的矛盾感。

兩條皓臂捧起秦霸天的臉頰，托得他身體彷彿飄起般穿越門檻。他不由自主，輕聲說道：「上官姑娘，我感到進去了會出不來，但我又不能不進去。救我？」

上官明月拍拍龍珠，笑道：「既然來了，自然要開開眼界。」

三人一起進門，裡面鬧哄哄的，賓客盈門，夥計一看來了外地人，連忙打起精神招呼，安排三人入坐。鄭瑤看那夥計雙眼骨碌碌亂轉，一副在想如何屠宰肥羊的模樣，心中暗叫不妙。秦霸天取出一碇金子，要夥計安排上好酒菜。不一會兒工夫，酒菜上桌，連帶還來了四個姑娘、兩名壯漢。秦霸天要在上官明月面前獻殷勤，喝道：「走開，走開，這些庸脂俗粉，哪及得上我們上官姑娘萬一？趁早別來打擾老爺！」

上官明月笑盈盈地看著身旁兩名壯漢，伸手摸其胳臂，似乎想要他們坐下。最後她輕嘆一聲，揮揮手道：「走吧，秦老爺肚子餓了，我們要先吃飯。」

鄭瑤對上官明月敬若天仙，難以想像她會摸壯漢，問道：「上官姊，妳怎麼……這麼不矜持呀？」

上官明月笑道：「身處無道之城，進入風月之地，再裝矜持，豈不引人注目？」

「可是……可……」

秦霸天提起鄭瑤放在一旁，自己擠過去坐在上官明月身邊。「上官姑娘，妳想摸胳臂，我這胳臂也很精壯。妳瞧……這多硬？」

鄭瑤不悅：「秦鏢頭，請自重。」

秦霸天搖頭：「鄭兄弟，上官姑娘是你長輩，你當然敬她重她。但想窈窕淑女，君子好逑。如此花容月貌，天仙般的人物，是男人都想追求她的，是吧？」

鄭瑤說：「你怎麼……」

「你自己不追求，也別攔著我呀！」

上官明月只是笑嘻嘻看著，不置可否。

秦霸天一看上官明月不加拒絕，便想再獻殷勤。這時旁邊走來兩條大漢，滿臉獰笑說道：「兩位兄弟，你們這粉頭標緻得緊，讓給我們這桌來坐坐，成不成？」

鄭瑤大怒，正待大罵，秦霸天已倏然起身，一拳打倒一名壯漢，抓住另一壯漢喝道：「你們嘴巴給我放乾淨點，什麼粉頭粉頭亂叫?上官姑娘是黃花閨女，天上仙子！」

壯漢推開秦霸天，罵道：「不讓就不讓，幹嘛動手打人？」

「你唐突佳人，就是該打！」秦霸天說著又是一拳。對方也是練家子，連忙出拳架開。秦霸天手肘反擊，近身短打，那人反應極快，雙手齊出，連閃帶躲，轉眼連避好幾拳。秦霸天一腳斜跨，卡在對方膝蓋後方，跟著肩膀一撞，壯漢倒地。

秦霸天得意洋洋，喝道：「滾！別來打擾老子喝酒！」

兩壯漢連滾帶爬，回到自己桌上。

上官明月鼓掌：「秦鏢頭好功夫。」

秦霸天謙虛道：「不及姑娘萬一。應付這等莽漢，交給在下便是了。」

上官明月搖頭：「可惜我們來是要讓鄭兄弟露一手玄日宗武功。你把人打發了，機會可就沒啦。」

「這……」秦霸天神色尷尬。「這倒麻煩……」

鄭瑤提起筷子吃飯：「都讓你搞砸了。等機會吧。」

三人飽餐一頓，再也沒人來打擾上官明月。鄭瑤道：「看來咱們得主動找碴了。要去賭場還是擂台？」

上官明月說：「池老闆說這裡的擂台不排賽程，自由上台。你上去露一手，多半就能引人注目，可別打輸了。」

三人找來夥計一問，隨即移駕二樓。二樓四面都是廂房，供人住宿，中間是塊大空地，架高了座五丈見方的擂台。擂台四周擠滿下注的酒客，台上卻只站了一名武師。擂台掌櫃練過獅吼功，坐在押注台後吼道：「『鐵拳無敵』孫師父已經連勝兩場！還有沒有人想上台嘗嘗他鐵拳的威力？一賠三啊！一賠三！有沒有人要上台的？」

鄭瑤本想直接上台，秦霸天卻拉住他：「鄭兄弟，不知道他們這裡打擂台的水準如何，咱們先看一場再說。」

「我來！」台下有個光頭翻身上台，站在擂台邊朝鐵拳無敵孫師父抱拳，說道：「孫師父拳法高明，可是廣州地方的功夫？」

孫師父說：「兄台好眼力，報上名來！」

光頭摸摸腦袋，說道：「你叫我李鐵頭得了！」

擂台掌櫃吼道：「鐵拳無敵大戰李鐵頭！輸贏一賠三！生死一賠五！下注的快來呀！」

兩邊各有夥計搬上板凳，讓兩名武師坐下等待眾人下注。秦霸天拉過一名賭客，問道：「兄弟，生死一賠五是怎麼回事？」那人道：「打死人賠更多。」秦霸天變色：「這裡擂台能打死人的嗎？」那人笑道：「兄台定是外地來的。龍蛇樓裡的擂台可是遠近馳名。各式武器不禁，生死傷殘不拘，上了擂台，後果自負！」

「簽生死狀嗎？」

「仙寨又沒官府，簽什麼生死狀？」

「要是惹了仇家要報仇呢？」

「後果自負呀。」賭客說。「你不想惹禍，就別把人打死。所以說，賭這個也很靠運氣，就算武師實力相距甚遠，你也不知道長家有沒有種殺人。」

「這麼玩命？」

「命才好玩！」賭客瞧瞧秦霸天粗壯的胳臂，說道：「兄台不知道？來無道仙寨的人，不少也是為了追求刺激。你想想，這種生死擂台，外面多久才能遇上一場？在仙寨裡可是每天都看得到呀！你要是覺得口味太重，還是趁早離開為妙。」

秦霸天與鄭瑤對看一眼，一時不知該怎麼想。秦霸天對上官明月道：「上官姑娘，這些人行徑野蠻，草菅人命，咱們還是盡快辦好了事走人。」

上官明月說：「他也有他的道理。規矩都是人訂的，訂規矩的人經常在換。李唐有一套規矩；黃巢的大齊也有一套規矩；日後朱全忠篡唐，他的大梁國又有一套規矩……老當守規矩的人，你不膩嗎？」

秦霸天問：「大梁國？」

上官明月解釋：「我二師叔熟命理，懂奇門，早已算出朱全忠日後國號。你在這裡聽過就算，離了仙寨可別亂說。」

秦霸天嘴角歪斜，點頭道：「是。我不會亂說。」

鄭瑤問：「上官姊，妳都不怕嗎？」

「我武功高強，還真不怕。」上官明月說。「但你們知道要怕，也是好事。」

擂台掌櫃宣布停止下注，擂台開打。

李鐵頭大喝一聲，迎上前去。孫鐵拳甩甩拳頭，來個雙龍出洞，分攻對方顏面及胸口。李鐵頭凌空翻身，朝孫鐵拳的頭頂一頭頂下去。兩顆腦袋撞在一起，砰的一聲好不響亮。李鐵頭落地冷笑，看著對手。孫鐵拳頭昏眼花，搖搖晃晃，似乎風一吹就要倒地。

擂台掌櫃吼道：「原來李鐵頭名不虛傳，練的是鐵頭功哇！鐵拳無敵孫師父拳頭是硬的，腦袋硬不硬可就不知道啦！」

孫鐵拳甩甩腦袋，擦拭鼻血，面對李鐵頭，沉身紮馬，一拳前，一拳後，擺出攻守兼備、破綻甚少的架勢。他說：「鐵頭功果然厲害。來試試看是你的頭硬，還是我的拳硬。」

李鐵頭運氣上腦，光頭彷彿隱隱發光。他雙腳猛彈，勢若奔雷，腦袋在前撞向孫鐵拳。孫鐵拳大喝一聲，中拳直進，正中李鐵頭頭頂。就聽見啪嗒一聲，李鐵頭腦漿爆裂，灑得身後一條長長血痕，而孫鐵拳只有被震退三吋而已。孫鐵拳收回拳頭。李鐵頭倒地死去。

觀眾驚呆片刻，爆出如雷掌聲。擂台掌櫃宣告孫鐵拳獲勝。

秦霸天咂舌道：「這一拳也太猛，鄭兄弟別跟他鬥。」

鄭瑤搖頭：「他這拳打得指骨盡碎，不能再鬥了。」

孫鐵拳揮手招來夥計，要了張板凳，又在擂台上坐下。擂台掌櫃皺起眉頭，喊道：「孫師父，你連勝三場，受了重傷，今晚別打了吧？快下台來讓本店神醫瞧瞧傷勢。」

孫鐵拳問道：「我今晚贏了多少？」

掌櫃拿算盤計算，回道：「八百兩。」

孫鐵拳搖頭：「我今晚必須贏到一千兩。再打一場就行了。」

掌櫃說：「再打一場，你就死了。」

「那也未必。」

擂台掌櫃命夥計上台拖走屍體，擦拭血跡，吼道：「鐵拳無敵孫師父今晚連贏三場，卻不懂得見好就收。所謂人不要命，無藥可醫，有沒有人想上場了結他的？孫師父已是強弩之末，贏了他也沒什麼光彩。勝負二賠一，生死三賠一。有沒有人要上場呀？」

擂台下當場跳上三人，分穿黃衣、黑衣、青衣，將孫鐵拳圍在中間。台下觀眾一看他們搶打落水狗，紛紛報以熱烈的噓聲。孫鐵拳斜眼瞄向三人，輕哼一聲。黃衣人待噓聲漸歇，說道：「孫師父武功高強，令人佩服。在下……」

孫鐵拳冷笑：「無名鼠輩，無須報名。要打就來！」

黑衣人說：「孫師父這麼說就不對了。人爲財死，鳥爲食亡，孫師父財迷心竅，一心求死，我們上來幫你一把，又怎麼擔這鼠輩之名？」

青衣人亮出袖中刀，說道：「我也不貪你賭金，只是想上台殺個人罷了。」

擂台掌櫃吼道：「無名三鼠輩大戰鐵拳無敵孫師父！有沒有人買孫師父贏的？今夜本掌櫃熱血沸騰，豁出去了！孫師父倘若打贏，我一賠十啦！」

「且慢！」鄭瑤提起輕功，躍上擂台，連轉兩圈，輕輕巧巧落在孫鐵拳身旁。他朝三鼠輩一揮手，說道：「三位欺凌傷者，以多勝少，不覺無恥了點嗎？」

黃衣人拔出插在後腰帶上的鐵爪，說道：「龍蛇樓擂台，向來就是這樣打的。他不喜歡，可以退出，我們可沒逼他。」

鄭瑤拉起孫鐵拳右手，往上一舉，說道：「人家指節都打碎了，鐵拳已失，如何再打？你們要打，我跟你們打！」

孫鐵拳抽回右手，怒道：「閣下何人？如此多管閒事！」

「我想管的就不是閒事。」鄭瑤說。「這場贏了歸你，輸了我扛。你若只是要錢，不是真的想死，趁早退下讓我來。」

孫鐵拳遲疑。

鄭瑤對擂台掌櫃道：「我代孫師父出場，贏了算孫師父的！」

擂台掌櫃道：「閣下來歷不明，輸贏難判。報上武功家數。」

鄭瑤拔出佩劍，直指黃衣人，說道：「我學的是玄日宗武學。」

黃衣人眉頭一皺，也舉鐵爪指他：「你以爲我們會怕玄日宗嗎？你們玄日宗只能在外面唬人而已，進了無道仙寨，趁早躲起來吧！」

擂台掌門說：「受注！」台下登時亂成一團，眾賭客輪番下注。上官明月和秦霸天分別買了五十兩賭鄭瑤贏。

孫鐵拳端起板凳，在鄭瑤耳邊道：「多謝公子愛管閒事。今日若能獲勝，姓孫的一家三口都是你救的。」說完下擂台觀戰。

「買定離手！」擂台掌櫃停止收注，宣告：「比武開始！」跟著滔滔不絕：「台上四人嚴陣以待，誰也不敢搶先出手。啊！說時遲，那時快，鐵爪黃衣人動手了！兩隻鐵爪，一虎一熊，使得乃是虎熊雙形的鐵爪功，原來這位是梁州勇爪門的高手。那玄日宗小子使的是旭日劍法，旭日劍法是玄日宗的入門劍法，所有弟子都有學過，江湖人也都識得。玄日宗小子劍法純熟，他這招斜陽四射方位準確，勢道沉穩，一劍破雙爪。唷？鐵爪兄見機甚快，不等招式被破，已經錯步退開！跑得好！跑得妙！跑得呱呱叫！」

「玄日宗小子眼觀六路，知道黑衣人發鏢偷襲，也不追擊，反手甩劍，架開飛鏢。哎呀，飛鏢落地無聲，材質輕盈，多半是神鏢門的凌風鏢！神鏢門自從掌門胡濱死後，一直沉寂至今。據說胡濱的兒子跑來仙寨，想找厲害毒藥去塗飛鏢，合著他今晚是試鏢來的。玄日宗小子可得小心，凌風標從前不餵毒，現在不一樣了！」

「飛鏢偷襲未遂，青衣人已經劈出袖中刀。這袖裡藏刀的功夫最不要臉，果然鼠輩！不過青衣人還沒開打就秀出了袖中刀，沒有突然使出，不知道是好心還是太笨。袖中刀刀法詭譎，步伐迷亂，普通人給纏上了可不容易應付，幸虧玄日宗小子也學過巧妙步法。我是沒見過，但多半是玄日宗雲仙掌的仙履幻步。好哇！玄日宗小子單憑入門劍法應付三個鼠輩，游刃有餘。他這招劍花點點，同時逼退三人，武功厲害，眼光也極準確。」

秦霸天滿臉讚歎：「我本來還嫌這掌櫃的吵，想不到他見多識廣，台上的人武功家數都說得出來。」

上官明月點頭：「鄭瑤腳踏的是游魚步，不是仙履幻步。不過他一個外人，能看出這些門道，實在不容易。看來他多半也是武學高手。」

「無道仙寨果然臥虎藏龍。」

上官明月微笑：「暫時還沒遇到眞正高手呢。」

擂台掌櫃說：「吶，我就知道！玄日宗小子定會先對神鏢門下手！一來是他鏢上餵毒，危險異常；二來是因爲神鏢門只會擲飛鏢，並無什麼上得了檯面的本事。只消欺到面前，他就玩完了。是吧？這招『彩霞乍現』劃傷了他雙手筋骨，一個月內無法擲鏢。神鏢門敗下陣來啦！哈哈，袖中刀搶攻不愼，險些中劍。你看他袖中短刀以內力牽動，黏在掌心唰唰唰轉圈，這手法我每回瞧見都捏把冷汗呀！是不是？我就說！你在掌心轉，人家回劍一勾，只消帶到你的刀，哪還有不割傷手腕的？袖中刀也敗陣！只剩下鐵爪兄啦！我說鐵爪兄，甭擺架勢了。你不是玄日宗小子的對手，這一開場大家都看出來啦。那兩把鐵爪拿去抓抓背得了，甭丟人現眼啦！」

鐵爪黃衣人大怒，怪叫一聲，沖天而起，大袖飄飄，宛如大鵬展翅，雙爪齊下，好似飛鷹擒兔，朝鄭瑤疾墜而來。鄭瑤不避不讓，長劍上舉，膝不彎，腳不提，身形突然拔起，與鐵爪黃衣人交錯而過。

「好一招『日正當中』！想不到玄日宗小子會突然改使烈日劍法，我還以爲他沒學過呢！這小子內力不足，招式卻凌厲，鐵爪兄的鐵爪只怕已經給削斷啦！果然不錯，兩隻鐵爪都斷了頭。不知道鐵爪兄還打不打？」

黃衣人垂頭喪氣，拋下鐵爪，退至角落。鄭瑤還劍入鞘，張嘴要說些什麼，身後突然傳來賭客驚呼。鄭瑤心知不對，立刻跨步轉身。

「不要臉呀！不要臉！我早猜到三鼠輩中就數袖中刀最不要臉！果然他另一隻袖子裡還藏了把偷襲專用的袖中小刀。你以爲玄日宗小子收了劍就沒事了？人家會掌法呀！這掌叫作『曙光乍現』，乃是朝陽神掌中稀鬆平常的一掌。你連這掌都躲不過，那不是讓人打得吐血倒地嗎？好！鼠輩大戰玄日宗，是玄日宗小子獲勝了！有吃有賠，大家換錢吧！」

鄭瑤踢開躺在地下的袖中刀，走到擂台中央，高舉雙手。贏錢的賭客大聲歡呼，輸錢的賭客倒也沒噓他。他這一戰爲求露臉，施展的盡是花俏眩目的招式，打得乾淨俐落又好看，只看得大家心曠神怡，都很滿意。再加上掌櫃解說推波助瀾，所有人都認定他是玄日宗的少年高手。

孫鐵拳兌換了賭金，來到鄭瑤面前。他抓起一把銅錢，說道：「公子，我拿千兩銅錢去救我家人，這多出來的一百兩，就請公子收下吧。」

鄭瑤顯了武功，發了橫財，開開心心跳下擂台，回到上官明月面前。「上官姊，我這下算露臉了吧？」

上官明月點頭，拿起換來的賭金，笑道：「你幫姊姊賺錢，姊姊也很開心，但你可別給沖昏頭了。我聽說有人來到無道仙寨，愛上此地刺激，流連忘返，樂不思蜀，最後就把命給丟了。」

鄭瑤神色一凜，收起笑意，說道：「姊姊教訓得是。」

秦霸天問：「露臉了，下一步呢？」

「倦啦，休息。」上官明月說。「我聽說龍蛇樓的鳳字號房富麗堂皇，舒適奢華，有自個的庭院和浴池。姊姊發了筆財，要住一晚來玩。」

秦霸天忙道：「我去幫上官姑娘打理！」

「有勞秦鏢頭了。」

秦霸天下樓去找住宿掌櫃接頭。上官明月和鄭瑤走在後面。鄭瑤下樓時步伐不穩，碰觸上官明月香肩，不覺臉紅，說道：「上官姊……從前在分舵裡，總見妳不苟言笑。想不到妳在外面……如此不同呀？」

上官明月搖頭：「你道從前那叫不苟言笑嗎？現下我當了舵主，隨時要自重身分，別說能笑了，連想笑的時候都更少。其實你說的對，光是為了石淵之事，我根本不必親赴金州。其實我是趁機想來透氣的呀。」

鄭瑤說：「我以爲上官姊當上舵主，應該意氣風發，開開心心才是。」

上官明月說：「我也想意氣風發，好好做點事。但是一場馬球案就搞得我們焦頭爛額。事發三個多月，依然餘波未平，每日幫助遭受株連的官員家屬離城，還得想辦法牽制宣武軍。唉，我眞想念你師父當舵主的日子，那時候我自在多了。」

鄭瑤一陣難受：「上官姊，我聽說師父的死訊，卻不知到底如何？」

「他牽連到馬球案，死在契丹人手上。」上官明月嘆氣。「總之，你要知道，劉師兄死前是在爲大唐出力，他死得其所。我跟莊師兄會想辦法幫他報仇的。」

「有勞上官姊了。」

「這幾日過得愜意，我很滿足。等我再回長安，可不知道要忙到何時才能偷閒。」她轉頭輕笑：「你在金州辦案，也累了好一陣子。難得來此煙花之地，不如叫兩姑娘到房裡陪陪？」

鄭瑤臉紅：「上官姊怎麼開這等玩笑？」

上官明月搖頭：「你是血氣方剛的男子漢，不能叫姑娘嗎？」

鄭瑤想起上官明月適才摸壯丁的模樣，問道：「那姊姊妳……」

「唉。」上官明月嘆氣：「你姊姊是有頭有臉的人物，生得一副花容月貌，到哪都會讓人認出來。就算此地當真沒人認得我，你鄭瑤也認得呀。我若行止不端，給人傳了出去，不是讓天下英雄笑話嗎？」

「我……我絕對不會亂傳的！」

「哈哈哈！」上官明月大笑，拍拍他肩膀。「事情不知何時會找上門來，趁著能睡快去睡吧。」

□

龍蛇樓的住宿客房位於酒樓之旁，是一座四方小園子，其中三面有雙層客房數十間，靠山壁的那面則是兩間龍鳳大房。那鳳字房分上下樓層，共三間臥房。秦霸天本想不要浪費，三人同住，讓上官明月給趕了出來。他和鄭瑤只好摸摸鼻子，去住鄰近的兩間地字號房。

鳳字房配了精壯男僕四名，上官明月自重身分，換成侍女。她故作懊惱，但鄭瑤覺得是裝出來的。上官明月關上房門後，鄭瑤和秦霸天在門口佇立片刻。秦霸天問：「鄭公子，你想上官姑娘會不會讓咱們去用她房裡的澡池？」鄭瑤瞪她：「你想知道，剛剛幹嘛不問？」「我羞怯。」「你羞個鬼！」

秦霸天是見過世面的人，面對男女之事，不似鄭瑤扭捏，他說：「來，既然上官姑娘這扇門關了，咱們哥兒兩個就自己去找樂子吧！你看咱們是到酒樓去喝，還是叫幾個姑娘來房裡陪酒？」

「這……」鄭瑤躍躍欲試，但又不好承認。他擔心師門長輩在場，自己去叫姑娘，會被長輩責罰。可是上官明月適才明明要他去叫姑娘，再說，她也不能算是師門長輩了，不是嗎？

秦霸天見他扭捏，哈哈大笑，拉著他的手說：「來來來，鄭公子大仁大義，不顧危險跑來救我哥哥，我秦某人是一定要好好謝謝你了。今晚哥哥作主，包你玩得快活！」

秦霸天牽著鄭瑤回到酒樓，開間包廂，點了山珍海味，挑了四大美女作陪。這四大美女並非庸脂俗粉，雖不及上官明月嬌艷，也有閉月羞花之容。一奏琵琶，一唱小曲，另兩女陪在兩人身旁不住勸酒，身上香氣不斷傳來，只聞得鄭瑤飄飄然，彷彿置身夢中。

秦霸天突然喝道：「妳在酒裡加什麼？」

斟酒的女人放下酒壺，笑道：「大爺說什麼呢？」

秦霸天說：「手張開我看看！」

那女子笑盈盈地攤開雙手，白皙的掌心並無物品，笑道：「大爺，奴家若要迷你，可不須在酒裡下藥呀！」

秦霸天身形一晃，當場趴在桌上，壓倒幾盤酒菜。鄭瑤大驚，連忙起身拉起秦霸天向後退開。彈琵琶的女子弦音一變，鄭瑤突然右腳抽筋，差點跪倒。他深吸口氣，勁走全身，問道：「妳們幹什麼？」

琵琶女神色訝異，說道：「公子年紀輕輕，內功不錯呀。中了我妹妹的迷香，還能抵抗我的弦音。」

鄭瑤頭暈目眩，還道是喝酒之故，此刻方知是中了迷香，多半是陪酒女子身上的香氣。他問：「在下與各位姑娘素不相識，各位何以如此相待？」

琵琶女說：「公子想嫖奴家，不就是對奴家不敬嗎？」

鄭瑤思緒不清，竟說：「我……我會付錢。」

琵琶女嘖嘖兩聲：「我最討厭付錢就是大爺的人了。公子不忙付錢，我宰了你自己取就成了。」

兩陪酒女拔出匕首，分左右襲向鄭瑤。鄭瑤丟下秦霸天，使開朝陽神掌，一雙肉掌在兩把匕首間遊走。他中了迷香，拿捏不準距離，好幾下險些中刀。他想以蠻橫內力迅速擊倒二女，卻發現內力十成中提不出三成。他心想：「這什麼迷香，竟能壓抑內力，這麼厲害？師父說轉勁訣運用得宜，可以排出體內毒素，可惜我還沒悟到那個層次！」他邊打邊說：「妳們在龍蛇樓接客，卻私下對付客人。這樣可以嗎？」

琵琶女笑道：「眾所皆知，入無道仙寨者後果自負。你在酒樓著道，好過在街上給人分屍！」說完又彈一弦。

鄭瑤心口一跳，右手痠軟，收手不及，讓匕首給劃上一條傷痕。幸虧那女子出手無力，這一刀也沒割深了。鄭瑤手臂運勁，傷口噴血，濺在陪酒女臉上。那女子哎呀一聲，反手遮蔽，鄭瑤立刻出掌擊中她腹部。陪酒女身子軟癱，就此倒地。

另一陪酒女嚇了一跳，連忙退到彈唱二女身邊。她們不搶攻，鄭瑤也不忙著打。他一邊調息，一邊說道：「外面把無道仙寨講得多可怕，原來不過就是這些宵小之道。各位搶劫不成，還是乖乖陪酒吧。只有一樣，把衣服脫光了陪，免得還有其他花樣。」

三女互換神色，點一點頭，向鄭瑤抱拳，琵琶女說：「奴家多有得罪，請鄭公子莫怪。」

鄭瑤瞪大雙眼：「妳們迷昏我朋友，打壞了我的玩性，這還不怪？」

琵琶女說：「我們家主人派我們來試探公子武功。公子武功高強，奴家甚感佩服。我們家主人想請公子一敘。」

「主上是誰？」

琵琶女上前一步，壓低嗓音道：「便是仙寨之主。」

鄭瑤揚眉：「我以為無道仙寨沒有寨主？」

琵琶女微笑：「公子說笑了。既是山寨，怎麼會沒有寨主呢？」

鄭瑤望向秦霸天。琵琶女說：「公子放心，自會有人照顧秦大爺。」

鄭瑤揚手請她帶路。

□

上官明月命侍女燒熱水，備浴池，自己在庭院中獨坐獨酌，仰望明月。此行無道仙寨，她無須負責，心情輕鬆，不知不覺間發了情慾。一生之中，她從未如此寂寞難耐。她不知道自己怎會如此，自斟自酌，思索此事。

鄭瑤是晚輩，自不可能因他而起。秦霸天精壯幹練，有其魅力，但卻不是她心目中理想的對象。至於酒樓的壯丁，儘管肌肉精實，引人遐想，但她畢竟不是如此隨便之人，也不可能當眞花錢買春。回想之下，近日間遇上眞正令她折服之人，只有總壇來的大師兄莊森。或許今日之情，乃是三個月前所種下的慾念。

侍女來請姑娘更衣入浴。上官明月自行李中取出換穿衣物，放在浴池邊，並脫下身上的衣服交給侍女清洗。酒樓掌櫃介紹這是浸了上好澡豆的藥湯，能夠舒筋活血，美容養顏。上官明月泡入池中，果然舒服，閉上雙眼，輕靠池邊，靜心沉欲。

莊森英俊瀟灑，武功高強，既有主見，又能辦事，她再過十年只怕也不會遇上第二個。然則他言談舉止間總對她保持一絲距離，縱然偶爾說笑，也都點到為止，似乎對同門師妹懷著戒心。她知道莊森曾與師父之女趙言楓共稱「玄日雙尊」，同門間也曾謠傳他們兩人互有情愫，但如今莊森和趙言楓分隔兩地，一年也見不到幾次面，大家都說他們分開了。

或許那就是莊森不喜歡同門師妹的緣故。

也或許此事根本與莊森無關。

上官明月突然感到呼吸急促，雙頰潮紅，人中冒汗，渾身燥熱，雙腳在水中緊緊交夾，整個人慾火中燒。她睜開雙眼，揚聲問道：「丫頭？妳在水裡放了什麼？」

侍浴的丫頭回道：「回姑娘，是澡豆和花瓣。」

上官明月問：「我問妳放的是什麼春藥？」

丫頭大驚，道：「奴……奴婢……沒有……」

庭院傳來掌聲，一名男子在門外笑道：「上官姑娘好機靈，不愧是玄日宗舵主。那春藥不是下在澡池裡，而是下在酒裡。」

鳳字房的澡池正對庭院後門，方便客人一邊泡湯，一邊賞花賞景賞月色。上官明月一來羞澀，二來擔心今夜會有稀客來訪，是以泡湯時關上了房門。此時她就著門縫，看見人影，對方還大剌剌地湊隻眼睛在門縫中偷看。上官明月微感心慌，想去搶衣服穿，但又不願讓來人看見自己驚慌失措。她行走江湖多年，深知氣勢重要，大敵當前，倘若氣勢餒了，再要人看得起你可就麻煩。她氣定神閒，手指於水中輕扭，牽動水流，引水面上的花瓣聚在自己身前遮身，說道：「尊駕何人，報上名來。」

那人笑道：「上官姑娘慾火中燒，還是讓在下先幫妳降降火，親近親近。嘴對嘴兒，耳鬢廝磨，聊起正事可又方便些了。」說著就要動手推門。

上官明月暗運轉勁訣，將體內春藥凝聚指尖，隨汗排出體外降火。她說：「男女授受不親，有什麼事，隔門商談。你若有種開門，別怪姑娘手段毒辣。看了我的身體，是要挖眼珠的。」

那人手貼門板，心下遲疑。玄日宗畢竟名頭太響，上官明月又算首腦人物之一。不管他自恃武功多強，面對這種人物都不敢等閒視之。他說：「姑娘好定力，中了我的春心蕩漾散竟然把持得住，在下佩服佩服。就請姑娘慢慢泡湯，出來再談。」

「興致都讓你壞了，還泡什麼？」上官明月步出澡池，擦拭身子，穿戴衣衫，問道：「閣下何人？」

門外人道：「在下燕建聲。」

「原來是血泉當舖燕掌櫃，久仰大名。」

燕建聲奇怪：「上官姑娘久仰在下？不是客套吧？」

上官明月繫起腰帶。「不客套。燕掌櫃有一套取人陽壽的法門，遠近馳名，大家都很忌憚。」

燕建聲問：「那也是無道仙寨寨內之事，上官姑娘初來乍到，如何知悉？」

「你能摸我的底，我不能摸你的嗎？」上官明月理好衣衫，揮一揮手，侍浴的丫鬟立刻過去開門。燕建聲進屋，與上官明月隔浴池而立。上官明月上下打量，只見對方外表約莫二十來歲年紀，不過比鄭瑤大上幾歲，怎麼看也不像有個二十五歲女兒之人。她嘖嘖稱奇，說道：「燕掌櫃取人陽壽，返老還童，外貌比我年輕，令人不寒而慄。你今日來訪，除了想要一親芳澤，還有什麼事？」

燕建聲問：「上官姑娘不喜歡寒暄客套？」

「打擾姑娘沐浴，還寒暄什麼？」

「說得是。」燕建聲道：「那就開門見山吧。我有個客人託我幫他找會玄日宗武功的高手。在下打探之下，得知上官姑娘在此，是以特來拜會。」

上官明月問：「你找人辦事，都先下春藥嗎？」

「只有絕色美女才會。」燕建聲說得一副像在恭維的模樣。

「我這個人有帳必算。」上官明月冷笑一聲，問道：「你客人是誰，找玄日宗高手辦什麼事？」

燕建聲道：「他叫毛耀宗，說是來仙寨挖寶的。藏寶處有機關，需要玄日宗高手方能開啓。」

上官明月一愣，沒想到他這麼坦白。她說：「毛耀宗是黃巢部眾的死敵，在仙寨之中可謂眾矢之的。你就這麼把他供出來了？」

燕建聲問：「上官姑娘是黃巢部眾嗎？」

「不是。」

「那我可不算出賣他。」燕建聲微笑。「事情是這樣，我聽說毛耀宗這次要挖的是筆大寶藏，倘若傳言不虛，那是幾輩子都花不完的錢財。他需要玄日宗高手，我是找到了，可沒說非得介紹給他呀。照我說，咱們攜手合作，搶先挖了寶藏，一起發大財。毛耀宗就帶了十個人來，挖個寶藏得挖多久？我地頭蛇，人力多，絕對不會挖輸他了，妳說是吧？」

「你要黑吃黑？」

「俗話說盜亦有道，那是外面的道理。咱們無道仙寨，專門黑吃黑。」

「原來你們專門黑吃黑。」上官明月點頭。「毛耀宗的寶藏何在？你說給我聽。」

「怎麼著？」

「我好黑吃黑呀。」

燕建聲哈哈大笑：「上官姑娘果然高明，一下子就學會了仙寨的道理。」

上官明月說：「你都把話說得這麼明白了，我幫了你，最後還是要讓你黑吃黑。這生意姑娘可做不來。」

燕建聲神色誠懇：「他這寶藏，數量龐大，隨便拿一點都吃不完了。我看重自己的性命，沒必要跟上官姑娘賭命。燕某人在此保證，此事若能成，我絕不會動上官姑娘一根寒毛。」

上官明月問他：「無道仙寨這麼大，不可能沒有玄日宗的人吧？」

燕建聲答：「玄日宗弟子都不會在仙寨待太久。」

「他們是走了，還是讓人給殺了？」

燕建聲揚眉：「這我不清楚。」

上官明月沉思片刻，指著他笑道：「我不信你。」

「那……」

「姑且合作。」上官明月接著說。「你若膽敢黑吃黑，且看是誰遭殃。」

燕建聲喜道：「姑娘放心，絕不黑吃黑！」

上官明月右手往房門一比：「你去酒樓等我。我找我朋友一起去。」

「姑娘的朋友都不在房裡。」

「不在？」

燕建聲說：「他們武功不行，跟去了只是礙手礙腳。還是姑娘跟我去就好了。」

上官明月斜眼看他，拿不定他打什麼主意。她打開衣櫃，取出自己的佩劍，又在懷裡塞了幾包解毒藥粉，順便吞了顆甘草丹，預防遭人下毒。接著她簡短寫張字條給鄭瑤。準備妥當後，隨燕建聲離開。

□

鄭瑤隨琵琶女上酒樓二樓，來到擂台押注帳房。擂台掌櫃正自數錢，看到鄭瑤，笑呵呵道：「鄭公子，得罪了。你今晚幫小號賺了不少錢呀。」

鄭瑤問：「而掌櫃的就把我給賣了？」

「快別這麼說。」掌櫃笑容不減。「你來打擂台，不就是為了顯身手嗎？我若不幫你把話傳出去，這場架可就白打了，是吧？」他站起身來，走到帳房牆邊，拍拍牆板，拉開一道暗門。門後是條石道，直通山壁之中。鄭瑤讚歎：「這山洞地道的入口竟然建在二樓？」掌櫃笑道：「外人不知道，這欲峰山都快被我們挖空了。整座山頭都是仙寨的地道。」

琵琶女提了燈籠，在前引路。鄭瑤跟著她走，在地道中九彎十八拐，走得頭昏眼花，完全不認得路。地道有分歧，看似通往天然洞窟，其內傳來人聲，聽不出是在商議什麼密事，還是純粹做生意。又走了一陣子，地道中傳來清風，空氣突然不那麼悶了。琵琶女帶他轉入一條寬敞地道，通往一座大洞府，洞府外有人看守，洞門上有匾額，上書：「無道仙寨」。

鄭瑤問：「仙寨裡還有個小仙寨？」

琵琶女不置可否，領他入內。門內是個大洞窟，對面有七級高台，台上有張黃金椅，若不是洞窟陰暗，仰賴火把照明，看起來就像是皇帝上朝的太極殿。此刻廳上無人，琵琶女帶他走過黃金台，自屏風後進入內堂，來到一個家具齊全的小洞窟。

琵琶女道：「公子請進。」

鄭瑤進洞，洞裡有名中年男子，坐在茶几旁喝茶。另一側牆邊有張刑床，床上鎖了個囚犯，上身赤裸，血跡斑斑，似乎已遭刑求了好一陣子。喝茶男子放下茶杯，朝茶几對面的椅子點頭，說道：「坐。」

鄭瑤走到茶几前坐下，問道：「在下金州鄭瑤，請教寨主高姓大名？」

「黃皓。」中年男子說。

鄭瑤訝異：「閣下就是黃巢之姪，浪蕩軍的黃皓大將軍？」

「敗軍之將，何以言勇？從前的虛名，就不必掛在嘴上了。」黃皓說。「聽說鄭捕頭來到仙寨，不知所爲何事？」

鄭瑤忙道：「寨主明鑑，在下來此之前已經辭掉衙門差事，不是捕頭了。」

黃皓問：「鄭捕頭此行，不是爲了捉拿毛耀宗而來？」

鄭瑤答：「毛耀宗挾持金光鏢局秦鏢頭幫他辦事，我是受鏢局所託，前來營救他們的。」

「憑鄭捕頭的武功，救得了人嗎？」

「在下有幫手。」

「原來如此。」

鄭瑤疑問：「敢問寨主，在下乃無名之輩，寨主從何得知我的身分？」

黃皓往刑桌上的人一比：「他說的。」說完起身走向刑桌。鄭瑤跟了上去。刑桌上的人留有長鬚，若非上身赤裸，肌肉結實，光看容貌倒像是個教書先生。黃皓說：「這人名叫葛春秋，乃是毛耀宗的軍師。」

鄭瑤凝視對方，說道：「據說此人足智多謀，金州衙門連他長什麼模樣都不知道。原來卻是這幅德性。」

黃皓說：「金州衙門通緝誅匪盟也不過是這兩年的事。我浪蕩軍跟誅匪盟的恩怨可糾纏了二十餘年。這人的長相，我們都很熟悉。儘管他喬裝改扮，還是讓我們盯上了。」

「那毛耀宗呢？」

「下落不明，正在問呢。」黃皓隨手拿起刑具台上的小刀，在葛春秋胸口劃了一刀。「莫看他外表文弱，嘴巴倒是挺硬的。」

葛春秋悶哼一聲，似乎連叫痛的力氣都沒有。黃皓說：「本案刑求手法高明，他已經招出不少事情，就只是不肯供出毛耀宗的下落。誅匪盟入仙寨辦事，極盡隱密之能事，要不是葛春秋在外露面，我們還真抓不到他。他露面，是爲了要找個懂玄日宗武功的人。聽說鄭捕頭在龍蛇樓露了一手？」

鄭瑤說：「不瞞寨主，我正是要讓他們發現。」

黃皓點頭：「鄭捕頭，誅匪盟二十年來殘殺我伯父舊部無數，趁火打劫，大富大貴，還爲了錢財誣賴過不少人。毛耀宗滿手血腥，死不足惜，還望鄭捕頭幫手，跟我們一起除了他。」

鄭瑤說：「要除他，也得知道他的下落。」

黃皓走到刑床床頭，低頭看著葛春秋，伸手自懷裡拿了顆藥丸，塞到葛春秋嘴裡。「這些年來，嘴硬的人我見多了。誰會招，誰不會招，能撐多久，我相處片刻，便有個底。」他一手壓住葛春秋口鼻，一手抵著他喉嚨，運起內功，逼他吞藥。「葛春秋雖然嘴硬，只要拿性命威脅，多半會就範。」

葛春秋問：「你……你給我吃了什麼？」

「我師父北海醫仙的『懸一命』。」黃皓說。「這藥吃下肚去，你就只剩下一日性命。明日此時，你若沒服解藥，那就會七孔流血，筋脈盡斷而亡。」

葛春秋神色恐懼，問道：「你想怎樣？」

黃皓拍拍鄭瑤肩膀：「帶鄭捕頭去找毛耀宗。就說你花了好大心力，終於找到個玄日宗高手。」

葛春秋瞪著鄭瑤：「朱三弟在金州就找過他，當時他拒絕了。」

鄭瑤說：「我拒絕朱明虎，是因爲當時尚未找到走失孩童。如今孩童已經尋回，我自然想來找毛盟主一起發財啦。」

葛春秋又說：「你連我朱三弟都打不過，帶你去找盟主，又能怎樣？」

黃皓說：「那你就甭擔心了，我們會有人跟著，動起手來，不會吃虧。我保證，只要你幫我擒了毛耀宗，我不但給你解藥，還會放你離開。我只要毛耀宗，你，我可以饒。」

鄭瑤說：「黃寨主，金光鏢局的人都是遭受毛耀宗脅迫，你不能動他們。」

「本寨主自有分寸。」

黃皓吩咐手下爲葛春秋包紮傷口，洗淨血跡。鄭瑤則回客棧去找秦霸天和上官明月。秦霸天醒了，上官明月卻不知所蹤，只在房裡留下字條，寫道：「有線索，再聯繫。上官姊筆。」兩人商議之下，認為無須擔心上官明月，便即回山洞去找黃皓。眾人商量底定，讓鄭瑤跟葛春秋去找毛耀宗，秦霸天則與黃皓的人馬隨後跟蹤。一行人步入地道，往欲峰山地底前進。

第十章 擒惡匪

欲峰山最早的地道是在山腳一處小溪谷發現的。那本是山壁中的天然洞窟，不過通道綿延曲折，又有許多狹小裂縫，整條洞穴究竟多大，始終無人肯定。之後在山城逐步擴建的過程中，又陸續在山壁上發現許多洞穴。想要隱密行事的人就開始佔穴為王，挖鑿地道，連接起各處洞穴。久而久之，欲峰山內就形成了龐大的地道迷宮，甚至有座名符其實的「黑市」開在裡面。

毛耀宗藏寶圖中的寶藏就埋在最早的溪谷洞窟之中，埋寶的年代早於無道仙寨建寨之前。想要抵達那座隱密洞窟，必須游過一段地下水道，長久以來沒人發現寶藏就是拜這條地下水道所賜。葛春秋說當年埋寶之人肯定另有出路，只是埋好寶藏之後就把路給封了。不然，如此大批寶物，走地下水道運輸，天知道要運送多久。

鄭瑤在下水前問：「水道一游過去，就會讓毛耀宗發現嗎？」

葛春秋說：「水道游過去，還有數丈長的地道。洞穴之中，照明不足，盟主又忙著應付機關……」他看看秦霸天和其他黃皓的人。「他們浮出水道後，只要掩護得宜，一時間不會被發現。我去得太久，盟主定會起疑。鄭捕頭做戲可得做足。那扇石門十分沉重，你若推不開它，大家都要遭殃。」

「我盡力而爲。」

秦霸天說：「鄭捕頭，你可別死了。我們布置妥當，立刻展開突襲。」

「靠秦兄了。」

葛春秋先行下水，鄭瑤緊跟在後。地下水道長約十丈，下水後就岩石封頂，無處換氣，必須直接游到另外一端。水中伸手不見五指，就連葛春秋的身影也看不見。鄭瑤越游越慌，擔心被葛春秋擺道。萬一葛春秋擅長水性，找條超長水道來游，溺死鄭瑤，擺脫追兵，那鄭瑤可就冤了。幸虧游得片刻，前方出現微光。鄭瑤運氣凝神，穩穩浮出水面，不露絲毫驚慌神色。葛春秋朝他伸手，鄭瑤一把握住，爬上地道。

地道對面傳來火光。兩人並肩而行，葛春秋低聲道：「你看黃皓貞會放我嗎？」

鄭瑤聳肩：「我不認識他，就連他會不會放我離開也不知道。」

「那我們也算在同一艘船上了。」

鄭瑤看他一眼：「我是爲了救金光鏢局的人而來，不會幫毛耀宗的。你想打主意，等擒了毛耀宗再說。」

葛春秋說：「盟主武藝高強，憑你們這些人，未必擒得了他。」

「你嫌人不夠，又不早說？」鄭瑤與上官明月同行，本來有恃無恐。如今少了上官明月，他可真有點膽怯了。然則箭在弦上，不得不發，他也只能走一步算一步。他說：「盡量拖延時間，只要我的幫手趕到，毛耀宗再強也不足爲懼。」既然上官明月留書說去追查線索，只能盼望她的線索會把她引來此地了。

二人走出地道，來到一座大洞窟。葛春秋吹口哨信號，兩長三短，洞窟對面有人說道：「是葛兄弟回來了。」

葛春秋跨步就走：「大哥、三弟，我回來了。還帶了鄭捕頭一起回來！」

洞窟中有兩個人同時問道：「鄭捕頭？」

鄭瑤來到洞窟中央，終於看清楚對面來人。一個是朱明虎，另一個身材矮小，頭髮花白，形容猥瑣，彷彿市井小人。葛春秋走到那人身旁，回過頭來，比向鄭瑤：「大哥，這位就是鄭瑤鄭捕頭。三弟在金州招攬過的玄日宗弟子。」

葛春秋稱之爲大哥的老頭自然就是毛耀宗了。想不到金州第一通緝犯竟然長得如此不起眼。毛耀宗瞇起眼睛打量鄭瑤，朱明虎則開口問道：「鄭捕頭，你在金州拒絕了我，怎麼現在又來了？」

鄭瑤道：「我救回石謙，金州的事情已了。朱三爺找我發財，我又怎麼會跟錢過不去呢？」

朱明虎斜眼看他，神色懷疑。毛耀宗問：「鄭捕頭此行，眞是爲了發財而來嗎？」

鄭瑤拉長脖子，看向在洞窟另一邊挖掘山壁的壯丁，說道：「發財是一定要的，其實我還想要帶金光鏢局的人安然回家。」

朱明虎冷笑一聲：「合著鄭捕頭又是來救人的。你武功不怎麼樣，想救的人倒是不少。」

鄭瑤兩手一攤：「總之我是來了。你們要我的武功推開石門，就不好輕易殺了我。我幫你們，你們保證事成後放了他們，可好？」

毛耀宗和朱明虎對看一眼，同時揚手要鄭瑤跟上。四人一起走到洞壁旁、金光鏢局的人手之間。鄭瑤左顧右盼，看見一個貌似秦霸天的中年男子，神色憔悴地坐在地上，手臂上了鐐銬，背上衣服一條條的，鮮血淋漓，被人打得很慘，多半就是金光鏢局總鏢頭秦震天。鄭瑤正想招呼，毛耀宗已經指著石壁上一塊一丈高、兩人並肩寬的巨石，說道：「這是寶庫外門。你幫我把門推開……」他隨手抓起身旁一名拿鐵鍬挖洞壁的鏢師。「……我就不當場殺了他，可好？」

鄭瑤大驚：「你……」

毛耀宗自懷中取出匕首，抵住鏢師脖子。「就是我。開門。」

鄭瑤轉身面對石門，十指扭動，回想上官明月在船上教他以轉勁訣推動機關的法門。上官明月說：「我不是教你功夫，是教你怎麼開門。這法門是有巧勁，但也要內功有一定火候才行。要開的門有多大、推不推得開，可得看你造化了。」

鄭瑤估算石門大小，左手高，右手低，雙掌貼在上官明月提示的位置，運起轉勁訣，以巧妙的力道推向石門。一推，毫無動靜。鄭瑤伸展雙手，調整位置，勁道反運，再推。這一回，石門微微抖動，貼壁處青苔撕扯，落下泥土碎石，幾名金光鏢局的鏢師出聲驚呼。朱明虎也語氣佩服：「鄭捕頭，這可眞不簡單。難道你在市集買了什麼功力大增的補品嗎？」

鄭瑤額頭冒汗，咬牙道：「巫山血蟾。」

朱明虎問：「什麼？」

鄭瑤喝道：「來幫忙推呀！」他當然沒吃巫山血蟾，但想讓朱明虎以爲他吃了增強功力的補品，對他有所忌憚總是不會錯的。

朱明虎來到鄭瑤左邊，鄭瑤命令：「去右邊，從我右掌旁七吋處使力。聽我數，一、二、三！」

朱明虎運起內功，使盡吃奶的力氣幫忙推門。這門他這幾天已經推過無數次了，端得是沉重無比。鄭瑤爲了虛耗朱明虎的內力，每當要他使勁時，就刻意減緩轉勁訣的力道，讓他推動超重石門。如此推了將近一刻，累得朱明虎汗流浹背，手腳痠軟，終於把石門推開一道可供一人通過的縫隙。

毛耀宗喜形於色，放開鏢師，說道：「成了。二弟，你在外面看著他們。三弟、鄭捕頭，跟我進去。」說著從地上提起一把彎弩，側身走了進去。

石門後又是一條地道，約莫十丈長，其中有八丈左右是道大深淵，黑漆漆的深不見底。鄭瑤等三人站在門前，看向深淵對面，山洞中火光不及遠，只能隱約看見對面也有地道。

朱明虎回到門口，朝門外道：「再拿兩支火把來。」他把一支火把投入深淵，另外一支丟到深淵對面。入深淵的火把落地後看不清楚火光，起碼數十丈高，若摔下去，必死無疑。丟去對面的火把撞上山壁，照亮向左側的轉角地道。

鄭瑤問：「現在怎麼辦？」

毛耀宗說：「我查到寶藏之外有三道機關。第一道是石門，剛剛已經通過了。第二道是深淵。第三道是閱牆窟。」

鄭瑤呆了呆，問他：「深淵怎麼過？」

毛耀宗比向左側岩壁。岩壁上每隔一段距離就有裂縫，彷彿有石頭硬鑲在裡面。他說：「岩壁中有機關，讓人慢慢跳過去。機關是靠對面轉角後的一道拉柄啟動。」

鄭瑤探頭看看對面轉角，問道：「這裡看不見，要怎麼拉拉柄？」

毛耀宗哈哈一笑，舉起彎弩，朝對面射去。弩矢空中轉彎，幅度過小，啪的一聲擊中對面山壁，根本沒有轉過轉角。毛耀宗心下算計，再度拉弓，將弩矢放入弩架右側第三道矢溝，提弩瞄準，再度發射。這一回弩矢轉入轉角，隨即傳來擊中岩壁落地之聲。

鄭瑤恍然大悟：「所以你們才訂製彎弩？如此盲射，要射到什麼時候？」

毛耀宗笑容得意，邊拉弓邊道：「我這個人精打細算，對距離和角度很有一套。放心，射不久的。」他又射一矢，聽音辨位，調整彎弩。「聽說這道機關可以靠玄日宗施展巧勁，令飛石轉彎，擊中拉柄，加以開啓。不知道這套投擲暗器的巧勁，捕頭有沒有練過？憑你的內力，石頭擊中拉柄時還有沒有力道推動它？」他朝地上一堆小圓石側頭，又說：「有興致咱們來比比，看誰先啓動機關？」

鄭瑤撿起圓石，掌心拿捏片刻，思考運勁的法門。他沒練過暗器轉彎的手法，但前幾日車中趕路，閒著沒事，都在練氣，所以他也一直在思索轉勁訣的轉勁技巧。他調節呼吸，看準轉角，將圓石夾在指緣，以拇指輕輕彈出。這一下旨在試探，並無力道，圓石未過深淵便已下墜，不過確實有微向左彎。

朱明虎笑他：「就這點力氣？你行不行？」

鄭瑤瞪他一眼，又轉頭看看專心拉弩的毛耀宗，心下盤算是否該趁機出手。此地地勢凶險，他若突然發難，說不定一動手就能先把其中一人推入深淵。外面就剩下葛春秋和鏢局的人，只要葛春秋不搞鬼，黃皓的人可以不戰而勝。如今的問題就只剩下眼前二人。但眞正棘手的本來也只有眼前二人。

他並不想把人推下深淵。他想把毛耀宗捉拿歸案，不是搶先偷襲殺了他。況且他還眞想見識見識保護寶藏的玄日宗機關。他撿起第二顆石頭，回想投石的運勁手法，正要再投，毛耀宗的彎矢已經在看不見的地方擊中木柄，帶動機關傳來嘎啦聲響。岩壁中齒輪轉動，幾塊形狀不定的石頭冒了出來，在深淵左側形成一條空隙甚大的步道。

毛耀宗皮笑肉不笑：「鄭捕頭先請。」

鄭瑤摸摸鼻子，踏上壁石道。機關壁石微微搖晃，不太穩當，鄭瑤運起輕功，幾個起落，越過深淵。毛耀宗第二個走，朱明虎殿後。

轉角左側地道中央有塊大木板，機關板受力的板面很大，以便看不見目標的人瞄準。機關板左側岩壁挖空，裡面的齒輪機關外露，並不加以遮掩。三人路過機關板，經過一段不長的地道，面對一間五丈見方的石窟。石窟對面有扇鐵門，門上岩壁上刻著「寶庫」兩個大字。

鄭瑤問：「你說鬩牆窟是什麼意思？」

「不知道。」

三人探頭進入石窟，提高火把，左顧右盼，在石壁和洞頂上尋找機關蹤跡。一無所獲。鄭瑤說：「你光查到機關名，不知道機關作用，這有何用處？」

毛耀宗說：「鬩牆窟顧名思義，就是要人兄弟鬩牆的。」

鄭瑤說：「你們兩個稱兄道弟，難道一進去就會打起來嗎？」

朱明虎說：「我叫你一聲鄭兄弟，待會兒一起熱鬧熱鬧。」

鄭瑤搖頭道：「眞要兄弟鬩牆，你們兩個還是會先聯手把我殺了。我看，兩位進去就好，我在外面等著。」

毛朱二人一人一手貼在鄭瑤背上，說道：「進去吧！」將他推入石窟。鄭瑤一入石窟，立刻移形換位，避免機關偷襲。他連跳幾個位置，沒有任何機關引動的聲響，這才鬆了口氣，回頭看向二人。「進來吧。」

毛朱二人進入鬩牆窟，四下打量，慢慢來到鄭瑤身邊。鄭瑤側步跨開，說道：「兩位離我遠點。這裡好適合殺人滅口，我可不想死得不明不白。」

「不忙。不忙。」毛耀宗走向寶庫鐵門。握住門把，向外一拉。鐵門沒有拉開，倒把門把給扯了下來。門把連著鎖鏈，不知啓動了什麼機關。三人立刻跳開，隨即聽見砰的一聲，門前一塊地面隆起，原來有道小暗門。毛耀宗和朱明虎戰戰兢兢，走回門前。朱明虎拔出佩刀，插入暗門縫隙，把木門挑開。

鄭瑤保持距離，走到側面，遠遠看見門下是個小洞，裡面擺了兩張紙，還有一個小藥瓶。朱明虎拿起紙，毛耀宗拿起藥瓶。朱明虎看著第一張紙，唸道：「按關元穴。」

三人互相對看，紛紛皺起眉頭。鄭瑤心想反正離他們遠，就先依言按按看。他伸手往腹部關元穴輕按，立刻痛得額頭冒汗。他驚呼一聲，說道：「痛哇！」

毛耀宗和朱明虎臉色一變，立刻也去按自己的關元穴，果然一陣劇痛。不知不覺間，三人竟已中毒。朱明虎丟掉第一張紙，見第二張上寫道：「命在旦夕，解藥只有一顆。」他立刻揉掉第二張紙，但身旁的毛耀宗已經看到。兩人對瞪，一個看向對方手中的藥瓶，另一個則看向對方手中的鋼刀。

鄭瑤問：「怎麼？第二張寫什麼？」

毛耀宗道：「三弟，無道仙寨滿是奇人異士，咱們把解藥分了，拖延時間，出去找人醫治，未必會死。」

朱明虎問：「大哥眞的會分藥給我嗎？」

毛耀宗問：「你我情同手足，你不信我？」

朱明虎一手持刀，一手捂住肚子，似乎越痛越厲害。他說：「毒發迅速，未必拖得了時間。」

毛耀宗點頭，朝鄭瑤一比：「那我們先除了姓鄭的，再來分解藥。」

鄭瑤聽他們言下之意，知道解藥只有一顆。他拔劍出鞘，指向二人，說道：「你們想清楚。先殺了我，就是你們兩個搶解藥。你們有把握打贏對方嗎？」

朱毛二人同時皺眉，本來已經要對鄭瑤出手，突然又裹足不前。鄭瑤說：「三人搶藥，當然要先除一人。留下的對手是我，對兩位而言，比較有把握吧？」

朱明虎突然出刀，毛耀宗提起藥瓶往刀鋒上推。朱明虎深怕打壞了藥，連忙收刀。兩人各自忌憚，退開數步，與鄭瑤分站三角對立。

毛耀宗問：「三弟，你連大哥都不信，竟然要去跟這姓鄭的聯手？」

朱明虎說：「大哥，這些年來，各種好處哪回不是你第一個拿？這解藥你是不會讓給我的。你我武功不相伯仲，先殺鄭瑤，我可沒把握殺你。」

毛耀宗說：「你信大哥的。我們一起度過難關。」

朱明虎說：「老實說，大哥，鄭捕頭的人品比你好多了。我就算要分藥，也是跟他分去。起碼他不會陰我！」他轉向鄭瑤：「鄭捕頭，那天晚上我敬你重你，沒有出手殺你。咱們兩人是有交情可講的，是吧？」

鄭瑤說：「交情自然是有的。倘若度過今夜，那可是過命的交情。」他既已說定盟友，立刻仗劍進攻，避免對方反悔。他使開旭日劍法，自右側劈向毛耀宗。朱明虎則由左進擊。

那毛耀宗是乾坤派高手，擅長左右手各使一套功夫，正適合應付兩面夾擊的情況。他本來右手使的是乾劍，左手耍的是坤掌。不過這二十年來，舞刀動槍的事都交給朱明虎解決，他本人很少親自出手，所以出門懶得佩劍。如今手中無劍，右手比劍訣，以指作劍，乾劍的威力打了折扣，但是右邊的對手是功力稍遜的鄭瑤，加上他又拿了藥瓶在手，每當危急就拿藥瓶去擋，一時間也不落下風。左手對付朱明虎的鋼刀倒是險象環生。朱明虎刀法凌厲，內力也強，加上兵器之便，每一招擋架都十分吃力。他才擋幾招，立刻知道這樣下去不是辦法，想要活命，須得先除掉鄭瑤。

毛耀宗兩手交錯，引鄭瑤的劍去擋朱明虎的刀，隨即運指成掌，拋下朱明虎不管，閃到鄭瑤身後，使招天地合擊，兩掌推向鄭瑤面門。鄭瑤右手長劍被朱明虎架開，單憑左手難以抵禦，於是他提起右腳，踢向毛耀宗下陰。毛耀宗大吃一驚，連忙閃避。鄭瑤趁勢推他一掌，試探對方功力。這一掌震得他手臂痠麻，氣血翻騰，但在轉勁訣運轉之下，幾口氣喘過，呼吸已恢復正常。

毛耀宗喝道：「三弟，姓鄭的接得下我的坤掌，功力可不算差。玄日宗轉勁訣變幻莫測，想跟他單打獨鬥，可別鬧得灰頭土臉。」說著提氣又攻向鄭瑤。

鄭瑤仗著高明劍法，在毛耀宗的掌影間劍光縱橫。他其實攻勢吃力，防守拙劣，但那旭日劍法一招一式使得中規中矩，在毛朱二人眼中看來是絲毫不落下風。朱明虎還想：「當初在金光鏢局跟鄭瑤對過一掌，我立刻起了輕視之心。想不到他的劍法又比掌法熟練，內功似乎也沒那麼不堪。他剛剛說什麼來著？巫山血蟾？莫非他真的吃了增加功力的藥物？」

鄭瑤見朱明虎平空揮刀，不來幫手，說道：「朱三爺，你再不幫我，我要輸啦！」

朱明虎大喝一聲，刀劈毛耀宗，隨即中途轉向，朝鄭瑤左腳劃下。鄭瑤正自閃避毛耀宗的劍指，沒料到朱明虎陣前倒戈，左腿當場多了一道血痕。他右腳使勁，向後飄開，毛朱二人卻如影隨形跟了上來。鄭瑤一面後退，一面使出令人眼花撩亂的「劍花點點」，努力拉開距離。可惜他左腳刀傷不淺，失血甚速，沒退幾步就腳步虛浮，難以轉向，撞上岩壁。

朱明虎對準鄭瑤攔腰劈下，毛耀宗劍指分開，插向鄭瑤雙眼。鄭瑤偏頭避指，豎劍擋刀，狼狽撐過這波攻勢。毛朱二人反手變招，鄭瑤心知自己無力再避，只好大喝一聲，雙手持劍，刺向毛耀宗。毛耀宗是首惡，害得金州多少百姓家破人亡，就連茶棚案也可怪罪在他頭上。若能拉他陪葬，也不枉他金州神捕來到世上走一回了。

就聽見「噹」的一聲，朱明虎鋼刀脫手。毛耀宗本來側指要插鄭瑤耳朵，卻突然雙手無力，插不下去，腹部讓鄭瑤長劍刺穿，當場摔倒在他身上。

朱明虎趁著毛耀宗壓住鄭瑤，著地滾動，撿起鋼刀。才剛轉身，鋼刀又是一震，再度脫手而出。這一回他看清楚了，有顆圓石射中刀身，擊落鋼刀。他朝圓石飛來的方向看去，發現閱牆窟中不知何時多了條人影。

鄭瑤放脫長劍，推開毛耀宗，轉向救命恩人。他原以爲來的是上官明月，但對方身材高瘦，是個男人。洞內火光昏暗，看不清楚長相。鄭瑤一面防著朱明虎，一面拱手說道：「多謝恩公出手相救。」

朱明虎問：「你是什麼人？膽敢破壞大爺好事？」

神祕人退到洞口，也不轉身，左手向後貼上岩壁。一整塊跟洞口差不多大小、比適才鄭瑤以轉勁訣推開的石門更大的石壁緩緩橫向滑行，封住了闃牆窟洞口。他拍拍手掌上的灰塵，說道：「我是建造這些機關的人。各位想要拿走埋在這裡的寶藏，可得先問我同不同意。」

鄭瑤問：「恩公是玄日宗的長輩嗎？」

神祕人點頭：「你是誰的弟子？」

鄭瑤道：「弟子鄭瑤，師承劉大光。」

神祕人點頭，朝朱明虎一指：「這人是壞人？」

鄭瑤說：「他們是誅匪盟的毛耀宗和朱明虎。」

神祕人「啊」了一聲，說道：「誅匪盟找這批寶藏找了二十多年，總算讓你們找到了。可惜這寶藏另有用途，我不能讓你們拿走。只要你們答應不碰這些寶藏，我可以奉上解藥，開門讓你們離開。」

朱明虎問：「我要是不答應呢？」他上前一步，似欲看清神祕人長相。

神祕人微微一笑，說道：「你連我徒孫都打這麼辛苦，在我面前又想逞強什麼？」

朱明虎說：「你究竟是誰？」

神祕人搖頭：「我不告訴你，你也不要亂猜。勸你出去後也別跟人提起，不然肯定後患無窮。」

朱明虎突然發難：「去死！」

神祕人不閃不閉，挺胸接他一掌。朱明虎這掌打在對方胸口，彷彿什麼都沒打到，十成功力突然間無影無蹤。跟著對方體內一股大力來襲，震得他手臂痠軟，胸口鬱悶，一口氣吐不出來，當場眼前一黑，昏了過去。

鄭瑤張口結舌，難以置信。他知道玄日宗武功博大精深，雖然自己一直把朱明虎當作大敵，但在師門高手面前，朱明虎多半走不了一招半式。但眼前之人竟以胸口要害接下朱明虎排山倒海般的掌力，且舉重若輕，毫髮無傷，武功之強，就連他佩服得五體投地的莊森也未必是對手。

神祕人見他驚訝，說道：「這是轉勁訣第七層的功夫。慢慢練，你也可以。」他走回洞口，雙掌貼壁，說道：「把他們兩個扛出去，再把外面的人都打發走。告訴他們這裡沒有寶藏，別再來了。」

鄭瑤一肩一個，扛起毛耀宗和朱明虎，說道：「只怕黃皓的人不會信我。」

神祕人嘆氣：「我這麼大把年紀，還要搬走這麼多財寶，累呀……」

鄭瑤扛著兩人，走到洞口，又問：「恩……恩公說這寶藏另有用途？」

神祕人一邊推門，一邊說道：「玄日宗掌門知道。有朝一日，會拿出來用的。」

鄭瑤出門後，神祕人在他懷裡塞了個藥瓶。「解藥。串好供再給他們兩個吃。最好別提起我。」鄭瑤答應，見他又要關門，問道：「恩公不一起離開嗎？」

「我得處理善後，復原機關。」神祕人說著關閉石門。「你打發他們走就是了。」

□

鄭瑤走後，神祕人關上石門，走過去撿起剛剛毛朱二人爭奪的藥瓶和字條，塞回地洞裡，關上暗門。東側岩壁突然傳來掌擊聲。神祕人眉頭一皺，站起身來，剛好趕上岩壁碎裂坍塌，激起大片灰塵。神祕人雙手抱胸，面對東壁，待得塵埃落定後，壁後露出兩條身影，卻是燕建聲和上官明月。

「師父！」上官明月語氣激動，衝向神祕人。「師父！你沒死！弟子……」

燕建聲趁她心神激盪，偷襲點了她穴道。上官明月全身無力，摔倒在地，但卻毫不在意，繼續說：「弟子好想你呀，師父！弟子……想煞你了……」她淚流滿面，幾乎泣不成聲。

那神祕人便是上官明月之師，前任武林盟主，前任玄日宗掌門，武功天下第一，在山中遭數百人圍攻墜崖，所有人都道早已死去的趙遠志。趙遠志詐死隱居以來，早已心如止水，諸情不動。此刻乍見愛徒，心中激盪，聲音也微微顫抖，說道：「月兒，傻孩子，見到師父哭什麼呢？」

「原來閣下真的是武林盟主趙大俠，久仰久仰。」燕建聲笑容滿面，說道：「大家都說玄日宗目中無人，還真名不虛傳。我都把上官姑娘給點倒了，你們兩個還當我不存在呀？」

趙遠志上前一步，洞窟之中氣勢一變，火光登時陰暗下來。燕建聲心頭狂跳，手背發麻，一時間只想轉身逃跑。他運起內功，沉浸心神，以大定力逼自己待在原地，沒有半點退縮。趙遠志又走一步，再走一步，也沒看他縱躍起落，已經拉近數丈距離，燕建聲連忙動手，抓起地上的上官明月，架在身前，右爪扣其咽喉，對轉眼間來到自己面前的趙遠志說：「趙大俠神功蓋世，佩服佩服。」

「血泉當舖燕掌櫃。」趙遠志說。「趙某人安分守己，在此隱居，可從來沒有招惹過你呀。你點倒我徒弟，是什麼道理？」

「事情是這樣的。」燕建聲說：「小號經營一門典當陽壽的生意，趙大俠聽說過嗎？」

「聽過。」趙遠志說。「吸人精元、返老還童的功夫，世間少有。不知道燕掌櫃是哪裡學來的？」

「我師父是修道仙人，道號玄黃天尊。他學貫古今，天人合一，所著《玄黃七經》包含世間一切學問。我這取人陽壽的功夫就是出自七經中的武經。」

趙遠志兩眼一翻：「不會是大道神功吧？」

燕建聲揚眉問：「你知道？」

趙遠志嘆氣：「所謂玄黃天尊就是我師父崔老先生。」

「有人跟你說了？」

「沒。」趙遠志搖頭。「吸人精元、返老還童的功夫，世所少有，我腦袋清楚，一想就通。《玄黃七經》什麼的，並非我師父所創，他只是在拾前人的牙慧罷了。這功夫，天尊除了傳你，自己有練嗎？」

「有的。天尊道行深厚，遠非我所能及。」

趙遠志雙眼一閉，神色哀淒。「想不到師父也踏上了旁門左道，一切……都是我們這些做弟子的錯。」

燕建聲說：「這大道神功乃修仙得道的關鍵。若是吸人精元，當可延年益壽，但想要得道升天，就得吸……」

「玄日宗內功？」

燕建聲再揚眉：「你知道？」

趙遠志搖頭：「我只知道入仙寨的玄日宗弟子全都不知所蹤，推測仙寨裡有人在獵殺玄日宗弟子。今日總算眞相大白了。」

「厲害，厲害。」燕建聲點頭：「這一年來，入仙寨的玄日宗弟子越來越難抓，推測是有高手在保護他們。爲了引出這個高手，我可是大費周章，洩露黃巢寶藏圖給毛耀宗，讓他從外面找玄日宗的人進來挖寶。我猜等他們要殺人滅口時，高手就會忍不住露面救人。只是沒想到鄭瑤居然找了上官明月一起來仙寨。上官明月大名鼎鼎，毛耀宗他們不會是對手，所以我只好先引開上官明月，免得高手不出手囉。想不到這個神祕高手居然會是已故武林盟主趙遠志，眞是呀……這年頭，死人都不肯好好死了。」

趙遠志問：「既然知道是我，你還想怎麼樣？」

燕建聲說：「剛剛在岩壁後偷看，聽上官姑娘叫道『師父』，著實嚇了我一跳。老實說，我眞想過乾脆吸了上官明月，就當沒看到你算了。但是武林盟主趙大俠呀……嘖嘖……我要是能吸了你的功力，成仙之道可就不遠啦。」

趙遠志笑：「你太貪心了。」

燕建聲右手緊扣上官明月咽喉，左手繞過她肩膀往前伸，攤開手掌道：「手伸過來給我，不然我就吸了她。」

趙遠志看看他的手掌，又看看上官明月。上官明月神色焦急，忙道：「師父！不要！讓他吸了孩兒，你再幫我報仇便是。」

趙遠志微笑：「傻孩子，保護妳是師父的責任。」說著伸出右手，放在燕建聲掌上。燕建聲五指一握，抓住趙遠志手掌，當即施展大道神功，吸取趙遠志的內力。

沒有內力。

趙遠志手掌一緊，燕建聲內息大亂，體內的內力完全不受控制，讓趙遠志的轉勁訣轉得亂七八糟。他右手使力，想吸上官明月的內力，但體內大道神功渙散，完全無力可吸。趙遠志一拉一推，將燕建聲推到在地，左手接下上官明月，順手解了她的穴道。

上官明月癱在師父懷裡，彷彿置身夢中，哇的一聲哭了出來。趙遠志安慰孩子般地拍她的背，對燕建聲說道：「燕掌櫃，你該慶幸我的轉勁訣不是大道神功那一路的，不然你此刻已成廢人。」

燕建聲癱在地上，動彈不得，問道：「不可能！爲什麼我吸不到你的內力？」

「這是個祕密，你可別跟人說去。我內力都被人化掉啦。」趙遠志說。

燕建聲努力調息，難以置信：「你若無內力，怎麼……怎麼還能……」

「天下無敵這種境界，說了你也不會懂。」趙遠志輕推愛徒，與上官明月並肩而立，面對燕建聲。燕建聲調息片刻，氣血暢通，緩緩站起身來。

「栽在趙大俠手中，在下心服口服。燕某死前有一事相求，還望大俠成全。」燕建聲說。「我有個女兒，名叫珍珍，十年前流落山林，我一直沒去找她。她年紀輕，不懂事，受到父親影響練了大道神功。等我死後，望趙大俠能找她回來，繼承當舖的生意。」

趙遠志一口回絕：「不幹。我在無道仙寨隱居，過得自在逍遙，憑什麼為了你要出山去找人？」

上官明月問他：「你當初跟仙寨的人達成協議，經營血泉當舖，為什麼不把女兒留在身邊，卻要趕她離開？」

燕建聲嘆氣：「她道行不足，無法取人陽壽。每次出手，必定把人吸乾，無法見容於仙寨之中。我讓她雲遊四海，自行修煉，等到修為夠了，再回來找我。」

上官明月聽莊森說過燕珍珍之事，搖頭道：「她小小年紀，被父親遺棄深山，獨自求生。你真以為她會修道成仙嗎？」

「她……」

上官明月說：「她裝神弄鬼，殘殺孩童，已被我大師兄收服，關在金州衙門裡。」

「什麼？這……我……」

「你口口聲聲修仙求道，多年來卻殺傷無數人命。」上官明月搖頭。「殺人可以成仙，豈不是邪魔歪道？」

「可是……」燕建聲茫然。「玄黃天尊仙氣飄飄，豈是邪魔歪道？」

上官明月轉頭看向師父，遲疑片刻，說道：「天尊死了。」

燕建聲大驚：「什麼？怎麼死的？」

「自然是除魔衛道的俠士所殺。」上官明月說。「大道神功損人利己，絕非求道之道。燕掌櫃若眞是求道之人，豈會看不透此節？」

燕建聲神色悲憤：「不……不……不會的……」

趙遠志道：「你想求道，問我就是了。大道神功什麼的，日後別再練了。」

燕建聲一愣，問道：「趙大俠說日後……你不殺我？」

趙遠志搖頭：「你我同師學藝，是師兄弟。我退隱江湖，不問世事，今日能在這裡遇到你，也算有緣。待在仙寨裡，閒著也是閒著，不如參悟世間大道，也好打發時間。」

燕建聲說：「但我殺了許多玄日宗弟子。」

「既入仙寨，後果自負，我也不來跟你追究。」趙遠志說。「但想跟我稱兄道弟，你日後就不能濫殺無辜。」

燕建聲拜倒在地，說道：「多謝趙大俠。」

上官明月問：「師父，此人滿手血腥，你眞的要饒了他？」

趙遠志說：「我也滿手血腥，天下人還不是饒了我了？」

「那不一樣。」

「一樣的。」趙遠志說。「爲師的退隱江湖，立誓不再殺人。妳若饒不了他，這就動手殺他吧。」

燕建聲抬頭看著上官明月，深吸口氣，閉目等死。

「師父饒了的人，我也不會殺的。」上官明月搖頭，接著問道：「師父聽到師公死訊，似乎不太驚訝？」

趙遠志輕嘆一聲：「那有什麼好驚訝的？師父既然練了大道神功，做徒弟的自然有責任除魔衛道。我看動手的人，不是可翰，就是文君了。」他說著上前扶起燕建聲，又道：「我沒死的事，你們別說出去。」

上官明月答是，燕建聲則說：「我絕對不會讓人打擾趙大俠清修。」

趙遠志走到他們擊破岩壁處，探頭出去，看見一條地道。他問：「這你挖的？」燕建聲說是。趙遠志嘆氣：「寶藏在此已不安全。請燕掌櫃幫我另外找個地方埋寶吧。」

「師父，你不怕他偷你的寶藏嗎？」

趙遠志笑著搖頭：「燕掌櫃是修道之人，不把世俗寶藏放在眼裡。不然，這寶藏他自己來挖就好了，又何必洩露給毛耀宗？」他轉向燕建聲：「你幫我把那扇石門給封了。明日此時，我們在此會合，商議藏寶之事。」

燕建聲道：「是。趙大俠要先走嗎？」

「難得愛徒來訪。」趙遠志呵呵笑道：「我得帶她上街逛逛。」

尾聲

黃皓砍了毛耀宗腦袋，血祭伯父黃巢，將朱明虎及葛春秋交給鄭瑤，押解回金州。鄭瑤急著想離開無道仙寨，但又不能丟下上官明月不管。所幸第二日正午，上官明月就跑來敲他房門。鄭瑤大喜，忙道：「上官姊哪裡去了？我好擔心妳呀！」

上官明月好笑：「傻小子，擔心自己就好了，姊姊有什麼好擔心的？妳跟毛朱二人打得驚險，我才爲你捏了一把冷汗呢！」

「什麼？上官姊看到了？」

「我都答應了跟來助拳，怎麼能讓你自己去跟人拚命呢？」上官明月說：「不過輪不到我出手，你就讓人救了。你眞是福將，到哪兒都能遇上貴人。」

「姊姊知道是誰救我嗎？他說是本門長輩。」

「知道，只是不告訴你。」上官明月故作神祕。「倘若有人問起，你就說是我救的。」

「這麼神祕？」鄭瑤問。「姊姊昨晚去哪裡了？」

「血泉當鋪燕掌櫃來訪，我就跟他走了。」上官明月道。「說起這個，燕珍珍關在你們衙門？」

鄭瑤點頭：「地牢。」

「好。」上官明月漫不經心地說。「我下個月抽空去你們衙門劫獄，你就睜一隻眼，閉一隻眼吧。」

「這……這怎麼好？」

「也對。」上官明月想想。「這樣吧，趁你還沒復職，我到了金州，先去劫獄。這就怪不到你頭上了。」

鄭瑤迷惘：「爲什麼？上官姊這麼做，不怕莊大哥怪罪嗎？再說，燕珍珍毫無人性，妳放她出去，她會再殺人的。」

「我做事自有我的道理。相信姊姊，我不會讓她亂殺人。」

「可是那……」鄭瑤無奈：「殺人不償命，還有王法嗎？」

上官明月問：「當今世上還有王法嗎？」

鄭瑤大搖其頭：「上官姊，妳這樣講，我輩執法還有何意義？我還要回去幹捕頭不幹？」

「你要殺人償命，又關著她做什麼？何不處決她？」

鄭瑤道：「她自稱二十五歲，但見到她的人都以爲她只有十歲。楚大人不忍心處決她，也不想讓百姓看到他處決小孩。」

「那是要關她一輩子了？」

「這……」

上官明月見他猶豫，說道：「我跟燕珍珍非親非故，只是受人所託，想帶她回家與老父團聚。你鄭瑤跟我有交情，只要你說個不字，此事我從此不提。你說吧。」

鄭瑤想起燕珍珍天眞無邪的童稚模樣，掙扎片刻，說道：「我好怕她再殺人。」

上官明月說：「她或她爹若再殺人，自然會有人懲戒他們。」

鄭瑤點頭應許，過了一會兒又說：「上官姊……我自以爲是在維護法紀，幫助百姓。但是這一回，打從茶棚命案開始，好像沒有一個人眞正該死，但偏偏又各有可死之道。這世道，恩怨糾纏，根本說不清楚。就連衙門千辛萬苦救回來的石謙，倘若他當初死在菜刀婆婆手上，我也不會爲他掉一滴淚。妳告訴我，我們盡心盡力，眞能改變什麼嗎？」

上官明月說：「可以呀。你是金州神捕，我是武林高手，我們當然有辦法改變很多事情。我之前心裡也有這些疑問，但現在覺得，你會懷疑自己，只是因爲這世上沒有一個値得你用性命去保護的人罷了。說什麼爲了萬民百姓、爲了天下蒼生，那些都是高調，碰不到你的心。但若是爲了一個你愛的人，只要一個，爲了讓他活在更好的世間，或許你會比現在更盡心盡力。」

鄭瑤凝望著她，思索片刻，點了點頭。

《獵人案》全書完

後記

《獵人案》跟之前故事最大的不同就是主角換成鄭瑤這個武功差強人意的亂世捕頭，並將格局縮小，不再牽扯左右天下局勢的大事。

當初構思單篇武俠小說時，已經決定不要一直拿莊森當主角，只取《左道書》的時代背景去發展故事。一來是因爲這樣發揮空間很大，二來是因爲莊森有一個很大的特色，就是武功近乎天下無敵。我不太喜歡格鬥漫畫那種明明已經打完宇宙最強魔王了，偏偏又跑出全宇宙都沒人聽過的更強魔王那種設定，或是爲了戲劇張力，導致強大的主角經常被敵人找到機會弱化的橋段。所以在《左道書》的世界裡，不太可能有比莊森更厲害的反派出現。這樣可以讓故事專注在劇情上，不過感覺就有點失去武俠小說的部分趣味，因爲正常反派遇到莊森都是手到擒來。

換成武功平平的鄭瑤，就能遇上他難以應付的對手，也讓武林中其他高手有表現的機會。這又遭遇了一個我沒料到的問題：主角武功有成長空間就該有成長的劇情，但那不就跟莊森之前的成長重複了嗎？不管怎麼樣，該有的劇情都要有，故事才能合理發展，或許把主角的強度設定在鄭瑤跟莊森之間會比較恰當，比方說上官明月？

無道仙寨這個鬼地方，其實滿有潛力變成故事主要舞台的。之後會有什麼狗屁倒灶的事情發生在那裡，還請大家拭目以待。

《獵人案》寫作期間是二〇二〇年中。交稿至今這一年多來，我過得很茫然。隨著疫情持續，可能有越來越多人陷入同樣的茫然。大家一起撐著吧，希望疫情快點過去！或許生活不會再恢復成從前的模樣，但人生就是不斷地改變，改變也往往突如其來。保持希望，加油啦！

戚建邦　二〇二一年九月十四日

獵人案

國家圖書館出版品預行編目資料

獵人案 / 戚建邦 著.——初版.——
台北市：蓋亞文化，2021.12
面；公分
ISBN 978-986-319-597-9（平裝）

863.57　　110015998

獵人案

作　　者　戚建邦
封面插畫　蘇姿伊
封面裝幀　莊謹銘
責任編輯　林芸品
主　　編　黃致雲
總 編 輯　沈育如
發 行 人　陳常智
出 版 社　蓋亞文化有限公司
地址：台北市103大同區承德路二段75巷35號
電話：02-2558-5438　傳真：02-2558-5439
電子信箱：gaea@gaeabooks.com.tw
投稿信箱：editor@gaeabooks.com.tw
郵撥帳號 19769541　戶名：蓋亞文化有限公司
法律顧問　宇達經貿法律事務所
總 經 銷　聯合發行股份有限公司
地址：新北市新店區寶橋路二三五巷六弄六號二樓
電話：02-2917-8022　傳真：02-2915-6275
港澳地區　一代匯集
地址：九龍旺角塘尾道64號龍駒企業大廈10樓B&D室
電話：+852-2783-8102　傳真：+852-2396-0050
初版一刷　2021年12月
定　　價　新台幣250元
Published and printed in Taiwan

ISBN / 978-986-319-597-9

好故事，一擊入魂！

八百擊

好故事，一擊入魂！

八百擊